ПРОТИВОСТОЯЩИЕ СИЛЫ

Противостоящие силы

ALDIVAN TORRES

aldivan teixeira torres

CONTENTS

1 - Противостоящие Силы 1

//

ПРОТИВОСТОЯЩИЕ СИЛЫ

Aldivan Teixeira Torres

ПРОТИВОСТОЯЩИЕ СИЛЫ

по:Aldivan Teixeira Torres
©2018-Aldivan Teixeira Torres
Все права защищены
Aldivan Teixeira Torres
электронной почте:aldivanvid@hotmail.com

Эта книга, включая все ее части, защищена авторским правом и не может быть воспроизведена без разрешения автора, перепродана или передана.

Краткая биография: Алдивен Тейшейра Торрес родился в Арковерди и является автором серии "Провидец." Свою литературную карьеру он начал в конце 2011 года. Его первой публикацией стал любовный роман "Противостоящие силы: Тайна пещеры". По неизвестным причинам, автор вскоре перестал писать. Но во второй половине 2013 возобновил свою литературную деятельность и с тех пор не останавливался. Алдивен Тейшейра Торрес хочет внести вклад в Пернамбуку и бразильскую культуру, пробудить удовольствие от чтения у тех, кто не любит читать. "Для литературы, равенства, братства, справедливости, чести и достоинства человека. Всегда"- таков девиз этого автора.

Посвящается

Прежде всего, Богу, создателю, для которого все мы живём; учителям жизни, которые всегда направляли меня; моим родственникам, хоть они и не поощряли меня; всем тем, кому до сих пор не удалось восстановить баланс "противостоящих сил" в своей жизни.

"Другую притчу предложил Он им, говоря: Царство Небесное подобно человеку, посеявшему доброе семя на поле своём; когда же люди спали, пришёл враг его и посеял между пшеницею плевелы и ушёл; когда взошла зелень и показался плод, тогда явились и плевелы. Придя же, рабы домовладыки сказали ему:

господин! не доброе ли семя сеял ты на поле твоём? откуда же на нём плевелы? Он же сказал им: враг человека сделал это. А рабы сказали ему: хочешь ли, мы пойдём, выберем их? Но он сказал: нет, - чтобы, выбирая плевелы, вы не выдергали вместе с ними пшеницы, оставьте расти вместе то и другое до жатвы; и во время жатвы я скажу жнецам: соберите прежде плевелы и свяжите их в связки, чтобы сжечь их, а пшеницу уберите в житницу мою." Евангелие от Матфея 13:24-30.

СОДЕРЖАНИЕ

Введение

"Противостоящие силы" – это книга о преодолении существующей в каждом из нас двойственности. Как часто мы сталкиваемся с жизненными ситуациями, в которых оба варианта имеют положительные и отрицательные стороны. Тогда выбрать что-то одно становится невообразимо трудно. Мы должны научиться осмысливать выбор правильного пути, а также не забывать о последствиях этого выбора. И, наконец, нам нужно уравновесить «противостоящие силы» в нашей жизни, и это будет приносить свои плоды. Только так мы сможем достичь желаемого счастья.

Что до аспекта книги, то можно сказать, что он напрямую связан с тем криком, который я услышал в пещере отчаяния. С этого крика и начались все приключения, описанные в книге. Миссия выполнена. Я надеюсь, что мне удалось достичь своей конечной цели, которая заключалась в исполнении мечты одного человека. Мы живём в жестоком и несправедливом мире, и поэтому мне так важно донести до читателей эту книгу. После публикации книга "Противостоящие силы" уже будет другой. Я не могу дождаться, чтобы начать новое приключение вместе с читателями, которые, надеюсь, тоже этого ждут.

Автор

Новая Эра

После неудачной попытки издать книгу, я почувствовал прилив сил и энергии. В конце концов, я верю в свой талант и чувствую, что мне удастся исполнить свои мечты. Я научился понимать, что для достижения целей нужны время и зрелость. Помните: когда мы очень сильно чего-нибудь хотим, мир сам помогает нам достичь этого. Именно поэтому я чувствую себя полным сил. Оборачиваясь назад, я думаю о тех книгах, которые прочёл, и которые в самом деле сделали мои знания и культуру богаче. Книги проносят нас сквозь неведомые нам вселенные и измерения. Я чувствую в себе огромное желание быть частью великой истории под названием Литература. Неважно, стану ли я всемирно известным автором, или обо мне никто не будет знать. Важно лишь то, какой вклад каждый из нас приносит в эту большую Вселенную.

Я рад этому новому ощущению, и я чувствую в себе готовность к большому путешествию. Это путешествие изменит мою судьбу и судьбы всех тех, кто прочитает эту книгу. Давайте же вместе в него отправимся.

Сборы

Я упаковал свой чемодан с личными вещами и вещами крайней необходимости: одежду, несколько хороших книг, крестик, Библию и бумагу. Мне кажется, что это путешествие очень меня вдохновит. Кто знает, может быть, я стану автором незабываемой истории, которая будет связана с прошлым. Перед уходом, однако, я должен попрощаться с семьёй (особенно с матерью). Она не отпустит меня без уважительной причины или, по крайней мере, без обещания, что я скоро вернусь. Я чувствую, что, в один прекрасный день, издав крик свободы, я улечу, как птица, которая создала собственные крылья ... и моя мать должна будет понять это. Ведь я принадлежу не ей, а Вселенной, которая принимает меня, не требуя ничего взамен. Ради Вселенной я решил стать писателем и развивать свой талант. Когда я вернусь из этого путешествия более взрослым и духовно развитым, я буду готов к общению с Создателем и к новому плану. Я уверен, что в нём мне будет отведена главная роль.

Я взял чемодан и вдруг почувствовал, как внутри меня разрастается тоска. На ум приходили тревожащие мысли: каким будет это путешествие? Будет ли оно опасным? Какие меры предосторожности я должен принять? Но я знал, что это путешествие оставит важный след на моей карьере, и поэтому хотел его совершить. Я взял чемодан (снова) и, перед тем как уйти, пришёл попрощаться со своей семьёй. Моя мать и сестра были заняты приготовлением обеда на кухне. Я подошёл и сказал им:

—Видите этот чемодан? Он будет моим единственным спутником (кроме вас, читатели) в путешествии, которое я намереваюсь совершить. Я хочу обрести мудрость, знания и получать удовольствие от моей профессии. Я надеюсь, что вы обе понимаете и поощряете принятое мною решение. Давайте же обнимемся и попрощаемся.

—Сын, мы слишком бедные, чтобы надеяться на свершение наших желаний. Сколько раз я говорила: ты не станешь идолом или чем-то в этом роде. Пойми: ты не был рождён, чтобы стать великим. (Мать)

—Послушай мать. Она знает, о чём говорит. У тебя нет таланта, чтобы исполнить свою мечту. Смирись с тем, что твоё предназначение — это быть обычным учителем математики. Ты не получишь большего. (Сестра).

—Значит, объятий не будет? Почему вы не можете поверить в то, что я могу достичь успеха? Я гарантирую вам: даже если мне придётся заплатить за осуществление своей мечты, я всё равно буду успешным, поскольку великого человека определяет вера в себя. Я совершу это путешествие и сделаю много открытий. Я буду счастлив, потому что счастье заключается в том, чтобы идти дорогой, освещаемой Господом до победного конца.

Сказав это, я направился к двери. Я был уверен, что одержу победу в этом путешествии: путешествии, которое пока-что не имеет чётких очертаний.

Священная гора

Когда-то давно я услышал о крайне негостеприимной горе в районе Пескейра. Она является частью горного хребта Оророуба (название коренного населения), где обитают коренные жители Шукуру. Говорят, что эта гора стала священной после смерти таинственного шамана одного из племён Шукуру. Она способна исполнить любое желание человека, при условии, что его намерения чистые и искренние. Это отправная точка моего путешествия, в котором я сделаю невозможное возможным. Вы верите мне, читатели? Тогда оставайтесь со мной.

По шоссе BR-232 я приезжаю в муниципалитет Пескейра, который находится в пятнадцати милях от центра, и оказываюсь в одном из его районов под названием Мимозо. Недавно построенный современный мост соединяет горы Мимозо и Ороруба. Они омываются рекой Мимозо, которая протекает через нижнюю часть долины. Там находится священная гора. Именно туда я и отправляюсь.

До священной горы отсюда совсем недалеко, и за короткое время я оказываюсь у её подножия. Я представляю различные ситуации, которые когда-то могли здесь произойти. Что ожидает меня на этой горе, кроме прилива энергии и полезного опыта? Гора невысокая (2300 футов). С каждым шагом я чувствую себя более уверено. Моё любопытство растёт. Я вспоминаю о том, что мне пришлось пережить за свои двадцать шесть лет. За короткий период времени со мной произошло много фантастических ситуаций, которые заставили меня поверить в то, что я особенный. Теперь я могу делиться этими воспоминаниями с вами, читатели, не испытывая при этом чувства вины. Но сейчас не время. Я буду продолжать путь на гору, чтобы осуществить свои желания. Я надеюсь на это. Наконец, я впервые устал. Половина пути уже позади. Я не ощущаю физического истощения, но какие-то странные голоса в голове просят меня вернуться назад. Они настаивают. Но меня не так легко остановить. Я достигну вершины, чего бы мне это не стоило. Гора дышит на меня воздухом перемен. Этот воздух могут почувствовать лишь те, кто верит в её святость. Когда я доберусь до вершины, то буду знать наверняка, как найти главную дорогу в этом путешествии. Я верю в свои возможности, потому что у меня есть Бог. Бог Невозможного. Давайте продолжим идти.

Я прошёл уже три четверти пути, но голоса всё равно меня сопровождают. Кто я? Куда я иду? Что я чувствую, когда задумываюсь о том, что моя жизнь безвозвратно изменится после восхождения на гору? Я совершенно один на этой дороге. Я и голоса. Чувствовали ли другие писатели то же самое, когда исследовали священные дороги? Я думаю, что никто из них не ощущал такой таинственности момента. Я должен продолжить. Я должен преодолеть этот путь и выдержать все препятствия. Шипы, которые по дороге ранили моё тело, были крайне опасны для человека. Если я переживу это восхождение на вершину, то уже буду считать себя победителем.

Шаг за шагом, я приближаюсь к вершине. Осталось несколько шагов. Пот, который струится по моему телу, кажется, пропитался священным духом гор. Я остановился на мгновение. Беспокоятся ли обо мне мои близкие? Сейчас это неважно. Я должен думать о себе, чтобы достигнуть вершины горы. От этого зависит моё будущее. Всего несколько шагов, и я буду у цели. Дует холодный ветер, измученные голоса путают мои мысли. Я чувствую себя неважно. Голоса кричат:

—У него получилось, его должны наградить! -Достоин ли он? -Как у него получилось взобраться на вершину горы? Я чувствую подавленность и головокружение. Честно говоря, я чувствую себя неважно.

Я слышу пение птиц, лучи солнца ласкают моё лицо. Где я? Ощущения как с похмелья. Я пытаюсь подняться, но мне мешает чья-то рука. Я вижу возле себя женщину средних лет. У неё рыжие волосы и загорелая кожа.

—Кто ты? Что произошло? У меня болит всё тело, а ум полон затуманенных мыслей. Я достиг вершины и поэтому чувствую себя так? Нужно было остаться дома. Но мечтал оказаться на вершине. Я поднимался на гору медленно, полон надежд на лучшее будущее. Но теперь я практически не могу пошевелиться. Умоляю, объясни мне всё это.

—Я хранитель горы. Я ветреный дух Земли. Я была послана сюда, потому что ты выиграл испытание. Хочешь ли ты, чтобы все твои мечты сбылись? Я помогу тебе в этом, дитя Божье! Впереди ещё много испытаний, но я подготовлю тебя к ним. Не бойся. Твой Бог с тобой. Отдохни немного, а я схожу за едой и водой. А ты пока расслабься и помедитируй.

Сказав это, женщина исчезла. Я остался один, встревоженный и полон догадок. Какие испытания я должен преодолеть? В чём они заключаются? На вершине горы в самом деле просто великолепно. Здесь присутствует дух спокойствия и умиротворения. Отсюда видно даже небольшую агломерацию домов в Мимозо. Это плато с множеством крутых дорожек и растительностью со всех сторон. Неужели это священное место может сыграть важную роль в моей судьбе? Сделает ли оно меня писателем? Время покажет. Пока женщина отсутствует, я решаю помедитировать. Я использую следующую технику: в первую очередь, я очищаю свой разум. Я начинаю постигать гармонию природы вокруг себя, мысленно созерцая всё вокруг. С этого момента, я начинаю понимать, что являюсь частью природы. Моя тишина — это тишина Матери Природы; мой плач это её плач. Постепенно, я начинаю чувствовать её желания и стремления, как и она мои. Я слышу её отчаянный крик о спасении. Спасении от человеческого разрушения: вырубки лесов, злоупотребления добычей полезных ископаемых, охоты и рыбалки, выброса загрязняющих газов в атмосферу и других человеческих зверств. Она тоже слышит меня и помогает в совершении моих планов. Мы наедине. Благодаря этой гармонии и соучастию, я чувствую себя спокойным и сосредоточенным на своих желаниях. Но что-то меняется: я чувствую знакомое прикосновение. Я медленно открываю глаза. Передо мной стоит та же женщина, которая назвала себя хранителем священной горы.

—Я вижу, ты умеешь медитировать. Гора помогла тебе раскрыть потенциал. Всё же, многим вещам тебе ещё предстоит научиться. Я помогу тебе с этим. В первую очередь, попроси у природы помочь тебе найти прогоны, ламели и палки, чтобы возвести хижину, а также дрова, чтобы развести костёр. Близится ночь, и ты должен защитить себя от диких зверей. Завтра я научу тебя мудрости леса, чтобы ты мог преодолеть настоящее испытание в пещере отчаяния. Только чистые сердцем смогут пережить её огонь. Ты хочешь, чтобы твои мечты сбылись? Тогда плати за это. Вселенная не даёт ничего просто так. Мы должны добиться её расположения. Это урок, который ты должен усвоить, сын мой.

—Я понимаю. Я выучу всё, чтобы преодолеть испытание пещеры. Я не имею ни малейшего понятия о том, что она из себя представляет, но я чувствую уверенность. К тому же, если у меня получилось взобраться на гору, то в пещере меня тоже ждёт успех.

—Подожди, не будь так уверен в себе. Ты ведь ничего не знаешь об этой пещере. Многие воины пытались пройти её испытание огнём и были повержены. Эта пещера крайне немилостива. Даже с мечтателями. Наберись терпения и запоминай всё, чему я тебя буду учить. Только тогда ты станешь настоящим воином. Запомни: самоуверенности не должно быть много.

—Я понимаю. Большое спасибо за совет. Я обещаю, что буду помнить о нём до самого конца. В минуты отчаяния, я буду напоминать себе о твоих словах, а также о Всевышнем, который всегда готов спасти меня. В темноте ночи, когда мне будет казаться, что спасения нет, страх не одолеет меня. Я буду бороться с пещерой отчаяния. Пещерой, в которой ещё никому не удалось спастись!

Женщина дружелюбно попрощалась до следующего дня.

Хижина

Настал новый день. Птицы весело насвистывают свои мелодии, северо-восточный ветер охлаждает воздух, нагретый солнцем. Сейчас декабрь. Я считаю его одним из самых прелестных месяцев, поскольку в декабре начинаются каникулы. Это заслуженный перерыв после долгих лет, посвящённых обучению математики в колледже. Это то прекрасное время, когда ты можешь забыть обо всех интегралах, производных и координатах. Сейчас нужно сфокусироваться на тех испытаниях, которые преподносит мне жизнь. Кроватью здесь служит избитая земля. Из-за этого я плохо сплю, и моя спина ужасно болит. С невероятными усилиями мне удалось построить хижину. Я раздобыл огонь, который должен защитить меня в ночное время. Тем не менее, где-то за пределами хижины я слышу шаги. Куда привели меня мои мечты? К концу света, не знавшем цивилизации. Что бы сделали вы, читатели? Также рисковали бы ради своей мечты? Давайте продолжим повествование.

Все эти вопросы и ответы так отвлекли меня, что я едва ли заметил незнакомую женщину, которая вчера обещала помочь.

—Хорошо поспал?

—Я жив, и это уже хорошо.

—Прежде всего, я должна предупредить тебя, что ты ходишь по священной земле. Пускай её вид и величие не вводят тебя в заблуждение. Сегодня день твоего первого испытания. Ты больше не получить от меня ни еды, ни воды. С этого момента ты должен сам добывать их. Слушай своё сердце. Докажи, что ты достоин.

—Еда и вода и так есть в лесу. Я должен добыть их? Послушай, я привык делать покупки в супермаркете. Видишь эту хижину? Мне стоило больших усилий построить её, и я до сих пор не уверен, что внутри безопасно. Почему бы тебе просто не наградить меня? Я уже доказал, что достоин, когда взобрался на эту гору.

—Ищи воду и еду. Гора — это лишь шаг на пути к духовному просвещению. Ты ещё не готов. К тому же, не в моей власти делать дары. Я лишь указываю правильный путь. Только пещера может исполнить твои желания. Пещерой отчаяния её назвали те, чьи мечты после её посещения стали невозможными.

—Я хочу попытаться. Ведь мне нечего терять. Эта пещера мой единственный путь к достижению успеха.

Сказав это, я поднялся и приступил к выполнению первого испытания. Женщина испарилась, как дым.

Первое испытание

На первый взгляд передо мной лишь непроглядная глушь. Я начинаю входить в неё. Земля здесь устлана растениями с шипами и колючками, так что лучше придерживаться тропинки. Камни, которые, один за одним, отметают мои ботинки, кажется, нашёптывают мне что-то. На правильном ли я пути? Я думаю о всём том, что оставил в прошлой жизни, когда решил идти за своей мечтой: дом, еда, чистая одежда и книги по математике. Стоит ли игра свеч? Время покажет. Странная женщина что-то недоговаривает. И чем дальше я иду, тем темнее и непонятнее становится ход дел. Вершина горы сейчас кажется ещё обширнее и величественнее. Свет...Впереди я вижу свет. Мне нужно идти туда. Я прихожу на просторную поляну. Отсюда видно, как солнечные лучи красиво обрамляют силуэт горы. Тропинка расходится ещё на две маленькие тропы. Что я делаю? Я иду уже несколько часов, а мои силы на исходе. Я делаю паузу, чтобы перевести дух. Две разные тропинки и два разных выбора. Каждый из нас сталкивался с такой ситуацией. Предприниматель, который должен выбирать между спасением компании и увольнением нескольких сотрудников. Бедная мать с глубинки северо-восточной части Бразилии, которая должна выбирать, кого из её детей накормить. Муж- изменщик, который должен выбирать между женой и любовницей. Таких ситуацией полным- полно. В любом случае, я последую совету женщины и буду слушать свою интуицию.

Я встаю и выбираю правую тропинку. Эта тропинка почти сразу же приводит меня к ещё одной поляне. На этот раз, я вижу небольшой водоём, а вокруг него скопление нескольких животных. Они прохлаждаются возле чистой и прозрачной воды. Что делать дальше? Я наконец-то нашёл воду, но она кишит животными. Сердце подсказывает мне, что каждый имеет право на воду. Я не могу прогнать их и лишить этого права. Ведь природа кормит нас всех. Небольшим кувшином, принесённым из дома, я черпаю воду. Я выполнил первую часть испытания. Теперь я должен найти еду.

Я продвигаюсь по тропинке в поисках еды. Уже давно за полдень и в животе страшно урчит. Я смотрю на обочины тропинки. Скорее всего, еда находится в лесу. Как часто мы ищем самый лёгкий путь, зная, что он не приведёт к успеху? Не каждому удаётся достичь вершины горы. Я решил немного срезать путь и ушёл с тропинки. Вскоре, я нашёл деревья банана и кокоса. Это моя еда. Мне нужно вскарабкаться по этим деревьям, так же как я вскарабкался на гору. Спустя три попытки, мне удаётся это сделать. Я прошёл первое испытание. Теперь я могу вернуться в хижину.

Второе испытание

Я прихожу в хижину и вижу хранителя горы. Сейчас она выглядит лучше, чем когда-либо. Она всегда смотрит мне в глаза. Я думаю, что Господь считает меня особенным, потому что я повсюду чувствую Его присутствие. Он всегда следует за мной. Когда я был безработным, Он открыл мне дверь; когда у меня не было возможностей профессионального роста, Он указал мне путь; во время кризиса, Он уберёг меня от проделок Сатаны. Этот одобряющий взгляд женщины почему-то напомнил мне о человеке, каким я был раньше. Сейчас моя цель выиграть, несмотря ни на что.

—Я поздравляю тебя. Ты преодолел первое испытание. Ты доказал свою мудрость, готовность принимать решения и делиться. Две тропинки были «противостоящими силами», которые движут Вселенной (добро и зло). Человек свободен в своём выборе одной из них. Когда он выбирает правильный путь, ангелы помогают ему его преодолеть. Именно такой путь выбрал и ты. Однако, этот путь совсем не лёгок, и ты даже можешь усомниться в его правильности. Люди будут часто использовать твою доброту, чтобы ранить и обмануть. А твои ожидания, возложенные на них, не будут оправдываться.

Когда ты огорчён, помни: твой Бог никогда не покинет тебя. Не позволяй деньгам и разврату завладеть твои сердцем. Ты особенный, поэтому Бог считает тебя своим сыном. Помни о Его благодати. Неправильный путь выбирают те, кто не захотел быть на стороне Бога. Каждый из нас рождается с божественной миссией. Однако, многие забывают о ней, поддаваясь плохому влиянию материализма и денег. Иисус учит, что будущее у таких людей не будет светлым и безоблачным. Каждое дерево, которое не приносит плодов, будет выкорчевано и выброшено в кромешную тьму. Такая судьба ожидает плохих людей, потому что Господь справедлив. Ты прислушался к своему сердцу, когда нашёл тот водоём с животными. Продолжай слушать своё сердце, чтобы продолжить этот путь. Ты проявил потрясающую готовность к делению. В тот момент твой дух был силён как никогда. Ты обладаешь мудростью, и именно эта мудрость помогла тебе найти еду. Как я и сказала, самый лёгкий путь не всегда самый правильный. Я думаю, теперь ты готов к следующему испытанию. Через три дня ты должен покинуть свою хижину и начать поиски. Во время этого испытания прислушивайся к совести. Если ты пройдёшь его, то будешь готов к третьему и последнему испытанию.

—Спасибо за твою помощь. Я не знаю, что ожидает меня в пещере, но твоё участие прибавляет мне смелости и уверенности. С тех пор, как я здесь, я чувствую, что моя жизнь изменилась. Я стал спокойнее и увереннее в том, чего хочу. Я преодолею второе испытание.

—Очень хорошо. Увидимся через три дня.

Сказав это, женщина исчезла. Она оставила меня одного, наедине со своими мыслями, сверчками, комарами и другими насекомыми.

Призрак горы

Наступила ночь. Потрескивание огня согревало моё сердце. Прошло два дня с тех пор, как я взобрался на вершину горы. Всё здесь казалось мне чужим. Я мысленно вернулся в своё детство: шутки, страхи, трагедии. Я хорошо помню день, когда я нарядился индейцем. У меня был лук, стрелы и томагавк. Сейчас я на горе, которую считают священной из-за того, что здесь умер житель коренного племени (лекарь племени). Я должен подумать о чём-то ещё, чтобы отвлечься от страха, холодящего мою душу. За пределами хижины я слышу непонятный шум, и я не знаю, кто или что его создаёт. Как преодолеть страх в такой ситуации? Ответь мне, читатель, потому что я теряюсь в догадках. Гора до сих пор пугает меня своей таинственностью.

Шум приближается. Мне некуда от него спрятаться. Покинуть хижину означает отдать себя на растерзание голодному зверю. Но я должен узнать, что же там происходит. Шум затихает. На смену ему приходит свет и это ещё больше пугает меня. Набираясь мужества, я спрашиваю:

—Ради Бога, кто здесь?

Голос отвечает с непонятным акцентом:

—Я храбрый воин, которого уничтожила пещера отчаяния. Откажись от своей мечты, если не хочешь, чтобы тебя постигла та же участь. Я был маленьким человеком, коренным жителем деревни Шукуру. Я хотел стать вождём племени и обладать силой, способной победить льва. Чтобы воплотить эти мечты в жизнь, я обратился к священной горе. Я преодолел три испытания, на которые указала мне хранитель горы. Однако, как только я вошёл в пещеру, огонь поглотил моё сердце и мои мечты. Теперь мой дух скитается по этой горе и не знает ни минуты покоя. Если ты ослушаешься меня, тебя будет ждать та же участь.

На минуту я как будто проглотил язык. Испытания, с которыми мне предстоит столкнуться в пещере, могут обратить все мои мечты в пепел. Но так просто я не сдамся.

—Послушай, храбрый воин. Если я нахожусь здесь, значит, это не напрасно. Моя мечта уходит далеко за пределы материальных благ. Я хочу совершенствовать себя на духовном и профессиональном уровнях. Вкратце, я хочу заниматься тем, что приносит удовольствие, зарабатывать ровно столько, чтобы хватало на жизнь, и внести свой вклад в развитие Вселенной. Я не могу так просто отпустить свою мечту.

Призрак ответил:

—А ты знаешь пещеру и её ловушки? Ты лишь обычный человек, который понятия не имеет о том, что ждёт его впереди. Хранитель обманывает тебя и хочет твоей смерти.

Настойчивость призрака начинала раздражать. Откуда он знает меня? Бог, по Своей милости, не может позволить мне провалить испытание. Господь Бог и Дева Мария всегда были на моей стороне. Свидетельством этому были частые явления Девы Марии на протяжении моей жизни. В «Видение Середины» (книге, которую я ещё не опубликовал) описывается сцена, где я сижу на скамейке на площади, размышляя о жизни. Внезапно, рядом со мной появляется женщина, которая задаёт такой вопрос:

—Веришь ли ты в Бога, сын мой?

Не задумываясь, я отвечаю:

—Безусловно. Всем своим сердцем.

Она кладёт свою руку мне на голову и говорит:

—Пускай же Бог милостивый освещает тебе путь и всячески вознаграждает.

Сказав это, она ушла, прежде чем я смог о чём-то подумать. Она просто исчезла.

Так впервые в своей жизни я увидел Богородицу. Во второй раз она пришла ко мне в образе нищей. Она сказала, что она фермер, который не получает пенсии. Без раздумий я дал ей несколько монет. Она поблагодарила меня и исчезла точно так же, как в первый раз. Поэтому я не имел ни малейшего сомнения в том, что Господь Бог на моей стороне. Я ответил призраку немного грубо.

—Уходи прочь со своими советами! Я сам знаю, на что способен. Оставь меня в покое!

Свет исчез, шаги затихли. Я избавился от призрака.

Начало

Прошло три дня со второго испытания. Пятничное утро было ярким и солнечным. Когда пришла женщина, я как раз смотрел на горизонт

—Ты готов? В лесу тебя ждёт что-то необычное. Найди это, а дальше прислушивайся к своему сердцу. Это твоё второе испытание.

—Три дня я ждал этого момента. Я думаю, что теперь я готов.

Я поспешил к ближайшей тропинке, которая вела в лес. Я шагал почти в такт. В чём может состоять второе испытание? Мною начал овладевать страх, поэтому я решил ускорить шаг. Вдалеке я увидел поляну, на которой было множество тропинок. Но, когда я приблизился, к моему удивлению тропинки исчезли. Вместо них, я увидел следующую сцену: взрослый мужчина тащит за собой мальчика, который истошно вопит. Негодование заставило меня воскликнуть:

—Оставь мальчика в покое! Он ведь слабее тебя и не может защититься.

—Ещё чего! Это наказание за то, что он не хочет работать.

—Да ты чудовище! Маленькие мальчики не должны работать. Они должны учиться. Отпусти его!

—Ты заставишь меня?

Я против насилия, но в такой ситуации нужно действовать быстро. Я должен был освободить мальчика.

Я осторожно оттолкнул мальчика, а затем принялся бить этого мужчину. Ублюдок тоже среагировал несколькими ударами. Одним из ударов он попал прямо в точку. Мир вдруг начал вращаться, сильный ветер пронзил всё моё тело. Синее небо, белые облака и пение птиц стали более выразительными. Казалось, моё тело плыло по этому небу. Откуда-то издалека послышался слабый голос. Теперь я видел множество дверей, которые открывались одна за одной. Каждую дверь было достаточно трудно открыть. Они поочерёдно открывали доступ то в гостиные, то в святилища. В первой гостиной я увидел молодых людей, одетых в белое, которые склонились над Библией, лежащей на столе. Они были девственниками, которые должны править миром. Какая-то сила вытолкнула меня из гостиной и, когда я открыл вторую дверь, я оказался в первом святилище. На краю алтаря горел огонь, в котором сжигали записки с мольбами бразильских нищих. По правую сторону, священник громко предавался молитве.

Внезапно, он начал повторять: Провидец! Провидец! Провидец! Возле него стояло две женщины в белых рубашках, на которых было написано: возможная мечта. Всё вдруг начало меркнуть и, не успев сориентироваться, я вдруг почувствовал, что меня кто-то тащит. Я открыл третью дверь и на этот раз увидел собрание людей: Пастора, Священника, Буддиста, Мусульманина, Спиритуалиста, Еврея и представителя африканской религии. Они разместились по кругу. Центром круга был огонь, которым было написано "Союз народов и путей к Богу." Они обнялись и пригласили меня присоединиться. Огонь из центра круга переместился на мою руку, написав слово "учение." Этот огонь был световым, поэтому совсем не жёг. Группа распалась, огонь исчез и меня снова вытолкнуло из комнаты. Я открыл четвёртую дверь. Комната со святилищем здесь была совершенно пуста. Я подошёл к алтарю и, в благоговении встав на колени перед Святым Причастием, поднял лежащую на полу бумагу и написал на ней свою просьбу. Я сложил бумагу и положил её у подножия. Голос, который раньше исходил издалека, вдруг стал чище и яснее. Я покинул святилище, открыл очередную дверь и наконец проснулся. Возле меня сидела хранитель горы.

—Ты проснулся. Поздравляю! Ты прошёл испытание, доказав умение проявлять себя и действовать мгновенно. Две дороги, которые олицетворяют "Противостоящие силы" соединились в одну. Это означает, что ты путешествовал по правильному пути. Ты спас ребёнка, хотя, на самом деле, этого делать не стоило. Сцена в лесу была моей ментальной проекцией. Ты выбрал совершенно правильный подход. Большинство людей, сталкиваясь с подобными сценами насилия, предпочитают оставаться в стороне. Бездействие является серьёзным грехом, ведь человек, проявляющий бездействие, становится соучастником преступления. Ты пожертвовал собой, как Иисус Христос пожертвовал собой ради нас. Этот урок ты запомнишь на всю жизнь.

—Спасибо за поздравления. Я всегда буду помогать тем, кто нуждается в помощи. Я немного озадачен тем, что видел во сне. Что это означает? Объясни мне, пожалуйста.

—Каждый из нас может мысленно проникать в другие миры. Это называется астральным путешествием. Есть люди, которые специально изучают это. То, что ты видел, может относиться к твоему или к чьему-то будущему.

—Я понимаю. Я взобрался на гору, преодолел два первых испытания и, должно быть, духовно вырос. Я думаю, что скоро я буду готов к встрече с пещерой отчаяния. Пещерой, которая творит чудеса и воплощает мечты в реальность.

—Тебе ожидает третье испытание. Я расскажу тебе о нём завтра.

—Есть, Генерал. Я с нетерпением буду ждать. Дитя Бога, как вы меня назвали, очень проголодался и хочет приготовить суп. Вы приглашены, мэм.

—Отлично. Я люблю суп. Я воспользуюсь этим случаем, чтобы узнать тебя получше.Женщина ушла, оставив меня наедине с моими мыслями. Затем я пошёл в лес за ингредиентами к моему супу.

Молодая девушка

Пока готовился суп, на улице стемнело. Холодный ночной воздух и трескотня насекомых придавали этой местности атмосферу деревенского вечера. Странная женщина ещё не пришла. На вкус суп был достаточно хорош, хоть у меня и не было всех необходимых ингредиентов. Я вышел из хижины, чтобы посмотреть на ночное небо: звёзды были свидетелями моих усилий. Я взобрался на гору, нашёл хранителя, преодолел два испытания (каждое тяжелее предыдущего), встретил призрака и до сих пор не сбился с пути. "Бедные больше стремятся к своим мечтам." Я любовался созвездиями и тем, как ярко они светили нам. Каждая звезда имеет своё значение в этой большой необъятной Вселенной. Точно так же каждый человек имеет своё значение. Люди могут быть белыми, чёрными, богатыми, бедными, принадлежать к разным религиям; но они все дети одного отца. Я тоже хочу иметь значение. Хоть мечта и бесценна, я готов заплатить любую цену за то, чтобы войти в пещеру отчаяния. Я ещё раз взглянул на небо и пошёл в хижину. Честно говоря, я не удивился, что хранитель уже была здесь

—Ты уже долго здесь сидишь?

—Ну...Ты так внимательно всматривался в небо, что мне не хотелось отвлекать тебя. К тому же, здесь я чувствую себя как дома.

—Очень хорошо. Можешь присесть на эту самодельную лавку. Я подам суп.

Суп был ещё горячим. Я подал его в найденной в лесу тыкве. Ночной ветер ласкал моё лицо и нашёптывал вопросы. Кто эта незнакомая женщина, с которой я ужинаю? В самом ли деле она желает мне зла, как сказал призрак? Меня мучили сомнения по поводу этой женщины. Но эта ночь могла всё исправить.

—Тебе нравится суп? Я очень старался, чтобы получилось вкусно.

—Он потрясающий! Что ты в него добавил?

—Камни. Шучу! Я купил птицу у охотника и нарвал несколько пряностей в лесу. Но давай немного изменим тему разговора. Расскажи о себе.

—Хороший хозяин сначала представляет себя. Ты уже четыре дня на горе, а я до сих пор не знаю твоего имени.

—Что ж, ладно. Но это долгая история. Приготовься. Меня зовут Алдивен Тейшейра Торрес. Я преподаю математику в колледже. Я очень люблю литературу и математику. Это две моих самых больших страсти. Я всегда любил читать и мечтал написать собственную книгу. Будучи в старшей школе, я открыл для себя мудрые книги Экклезиаста. Я был очень рад этому и очень гордился тем, что они у меня есть. Я закончил старшую школу, компьютерные курсы и на некоторое время прекратил учёбу. Затем, я взял технический курс в местном колледже. Однако, знак судьбы убедил меня в том, что это не моя специальность. Я как раз готовился к поступлению. За день до сдачи экзамена какая-то неведомая сила начала отговаривать меня сдавать тест. Чем меньше времени оставалось до сдачи, тем настойчивее она была. В конце концов, я решил не сдавать этот экзамен и почувствовал необычайное облегчение. Я думаю, это была судьба. Мы должны уважать не только наши желания, но и нежелания. После нескольких тендеров я был утверждён и сейчас занимаю должность помощника по административным вопросам образования. Второй знак свыше я получил три года назад. У меня были кое-какие проблемы, которые, в конце концов, привели к нервному расстройству. Тогда я начал писать. За короткое время мне стало гораздо лучше. Результатом стала книга "Видение Середины", которую я пока ещё не опубликовал. Всё это заставило меня поверить в то, что я в самом деле могу писать и иметь достойную профессию. Я хочу делать то, что мне нравится и хочу быть счастливым. Неужели это так много?

—Конечно нет, Алдивен. У тебя есть талант, а в нашем мире это редкость. Рано или поздно ты будешь вознаграждён. Побеждают те, кто верит в свои мечты.

—Я в самом деле верю. Именно поэтому я здесь, в неизвестном месте, которого ещё не коснулась рука цивилизации. Я поднялся на вершину, преодолел испытания. Теперь остаётся лишь войти в пещеру и исполнить свои мечты.

—Я здесь для того, чтобы помочь тебе. Я была хранителем горы с тех самых пор, как она стала священной. Помогать всем мечтателям, ищущим пещеру отчаяния – это моя миссия. Но мечты многих храбрецов достаточно эгоистичны. Они приходят за деньгами, властью и славой. Все они провалили испытание, потому что пещера очень справедлива.

Некоторое время мы вели достаточно живой разговор. Но постепенно мой интерес начал угасать из-за странного голоса, который выманивал меня из хижины. Моё любопытство росло. Мне нужно было идти. Я хотел узнать значение этого странного голоса, звучащего в моей голове. Я попрощался с женщиной и начал идти на голос. Что меня ожидает? Давайте продолжим вместе, читатели.

Ночь была холодна, настойчивый голос не выходил из головы. Между нами была какая-то странная связь. Я отошёл от хижины всего на несколько футов, но моё тело было истощено, как будто я прошёл несколько миль. Голоса вели меня в темноту. Я ощущал усталость, любопытство и страх перед неизвестностью. Что это за неизвестные голоса? Гора и её секреты…Познакомившись с горой, я сперва научился её уважать. Таинственная хранительница, испытания, встреча с призраком; всё это было особенным. Да, это стало священным. Мифы лекаря и мои собственные мечты привели меня сюда. Я хочу преодолеть все испытания, войти в пещеру и исполнить свои мечты. Я больше не буду прежним. Я буду человеком, которому удалось победить пещеру и её огонь. Я хорошо помню наставления хранителя, и также я хорошо помню слова Иисуса:

—Воля Пославшего Меня есть та, чтобы всякий, видящий Сына и верующий в Него, имел жизнь вечную.

Риск, связанный с пещерой отчаяния, не заставит меня отказаться от мечты. Эта мысль наоборот придаёт мне веру. Голос становится всё сильней. Кажется, я прибыл в место назначения. Прямо перед собой я вижу хижину. Голос приказывает мне войти в неё.

Хижину освещает костёр. Молодая, высокая и стройная девушка с чёрными волосами обжаривает на огне какую-то закуску.

—Вот ты и здесь. Я знала, что ты придёшь на мой зов.

—Кто ты? Что ты хочешь от меня?
—Я тоже мечтатель, который хочет войти в пещеру.
—Как ты сумела пробраться в мои мысли?
—Это телепатия, дурачок. Слышал о таком?
-Да. А ты можешь научить меня этому?
—Однажды тебя научат, но это буду не я. Расскажи мне, какие мечты привели тебя сюда?
—Меня зовут Алдивен. Я взобрался на гору в надежде найти свои противостоящие силы. Они определят мою судьбу. Тот, кто научиться контролировать свои противостоящие силы, сможет творить чудеса. Я мечтаю наслаждаться своей работой и исполнять мечты других. Я хочу войти в пещеру не только для себя, но и для всей Вселенной, которая преподнесла мне такую возможность. Я хочу занять своё место в мире. Это сделает меня счастливым.
—Меня зовут Надя. Я жительница побережья Пернамбуку. Я много слышала об этой горе и её пещере. Мне почему-то очень захотелось побывать здесь, несмотря на то, что я не немного сомневалась в её правдивости. Я собрала свои вещи, покинула дом, прибыла в Мимозо и взобралась на гору. Мне очень повезло. Теперь я войду в пещеру и исполню свои мечты. Я буду великой Богиней, купающейся в роскоши. Все будут моими слугами. А твои мечты просто глупость. Зачем просить так мало, если можно попросить весь мир?

—Ты ошибаешься. Пещера не исполняет эгоистические мечты. У тебя ничего не получится. Хранитель не разрешит тебе войти. Чтобы войти в пещеру, нужно пройти три испытания. Я прошёл два из них. А ты сколько?

—Какая дурость, всякие испытания и хранители. Пещера откроется тому, кто сильнее и увереннее. Я исполню свои желания завтра, и никто не сумеет меня остановить. Ясно?

—Что ж, тебе лучше знать. Когда ты пожалеешь об этом, будет уже поздно. Кажется, мне пора идти. Уже поздно, а мне нужно немного отдохнуть. Я не могу пожелать тебе удачи с пещерой, потому что ты хочешь быть выше Бога. Когда люди хотят стать близкими рангу Бога, они разрушают себя.

—Все твои слова просто чепуха. Ничто не заставит меня отступить.

Видя, что не смогу её переубедить, я сдался. Как люди могут быть такими мелочными? Человека можно считать достойным только тогда, когда он борется за праведные и эгалитарные идеалы. Идя по тропинке, я вспоминал как раньше меня ранило непонимание и отвержение других. Однажды они увидят, что мечты могут сбываться. Однажды я буду петь о своей победе и прославлять Творца. Он дал мне всё, а взамен попросил лишь делиться своими дарами, потому что, как говорится в Библии, свет зажжённой лампы нужно обращать ко всем. Тропинка закончилась. Я увидел хижину, построенную мною с такими большими усилиями. Сейчас мне нужно пойти поспать, ведь меня ожидают много неоконченных дел. Спокойной ночи, читатели. Увидимся в следующей главе...

Толчок

Вот и настаёт новый день. Светлеет. Утренний ветер треплет мои волосы, а вся живность вокруг, кажется, не может нарадоваться началу этого нового дня. И так каждый день. Я открываю глаза, умываюсь, чижу зубы и принимаю ванную. Это мой ежедневный ритуал перед завтраком. К сожалению, в лесных условиях его трудно придерживаться. Моя мать избаловала меня домашним уютом и ежеутренним ароматным кофе. Я ем свой завтрак в тишине, но что-то тревожит мои мысли. Каким будет третье и последнее испытание? Что случится со мной в пещере? От бесконечных вопросов кружится голова. Я чувствую, как во мне постепенно нарастает страх, сердцебиение учащается, меня бьёт озноб. Какой я сейчас? Определённо не такой, каким был тогда, когда несколько дней назад взошёл на вершину горы. Я познакомился с хранителем и открыл для себя новый, неизведанный мир. Я преодолел два испытания и сейчас готовлюсь к третьему. Третье испытание пугало меня своей таинственностью и неизвестностью. Листья деревьев вокруг хижины медленно и плавно шуршали. Я научился прислушиваться к природе, к её сигналам. Кто-то приближается.

—Привет! Ты здесь?

Я вскочил и увидел таинственную фигуру хранителя. Она выглядела счастливее, чем обычно, и даже цветущей, не смотря на её возраст.

—Я здесь. С какими новостями ты пришла ко мне?

—Как ты уже знаешь, сегодня я расскажу тебе о третьем и последнем испытании. Ты можешь попытаться пройти его только на седьмой день пребывания в этом месте. Смертные не могут оставаться на горе дольше семи дней, запомни. Испытание весьма простое и состоит в следующем: на седьмой день, выйди из хижины и убей первого попавшегося на твоём пути человека или зверя. Если не выполнишь это условие, то не сможешь войти в пещеру. Что скажешь? Не правда ли, это легко?

—Что? Убить? Разве я похож на убийцу?

—Это единственный способ попасть в пещеру. Подготовься хорошенько, ведь осталось всего два дня и...

Землетрясение магнитудой 3.7 по шкале Рихтера внезапно качнуло вершину горы. От этого толчка у меня закружилась голова и мне показалось, что я падаю в обморок. Ум атаковали мысли. Я почувствовал себя истощённым, с наручниками на руках и ногах. На мгновение я увидел себя в образе раба, который работает на господ. Я слышу звяканье оков, кровь и крики моих товарищей. Я вижу богатство, гордость и предательство полковников. Я также слышу крик свободы и справедливости тех, кто угнетён. О, как несправедлив этот мир! В то время как одни побеждают, другие обречены на вечные страдания. Наручники разрываются. Я почти свободен. Меня до сих пор дискриминируют и унижают. Я до сих пор вижу презрение на лице белого человека, который зовёт меня "ниггером". Я до сих чувствую себя подавленным. Плачь становится более громким, чистым и знакомым. Толчок прекращается, и ко мне возвращается моё сознание. Кто-то поднимает меня. До сих пор немного ошалевший, я выкрикиваю:

—Что произошло?

Хранитель, вся в слезах, не может найти ответа.

—Сын мой, только что пещера убила очередную душу. Пожалуйста, преодолей третье испытание и разрушь это проклятье. Вселенная поможет тебе.

—Я не знаю, как преодолеть это испытание. Только Творец может озарить своим светом мои мысли и действия. Я обещаю, что не сдамся

—Я верю тебе и твоему опыту. Удачи, Божье Дитя! До встречи!

Сказав это, странная женщина удалилась и вскоре исчезла, как дым. Теперь, когда я остался один, я должен был подготовиться к третьему испытанию.

День перед последним испытанием

С момента моего прибытия на гору прошло шесть дней. За это время, благодаря испытаниям, я много чему научился. Теперь я лучше понимаю себя, природу и других. У природы свой собственный ритм, который выступает против притязаний человека. Мы вырубаем леса, загрязняем воду и выбрасываем токсические газы в атмосферу. Что мы получаем из этого? Что для нас по-настоящему важно: деньги или спасение? И вот результат: глобальное потепление, вымирание флоры и фауны, природные катаклизмы. Неужели мы не видим за этим своей вины? Но время ещё есть. Время, чтобы внести свой вклад: беречь воду и электроэнергию, перерабатывать отходы и сохранять окружающую среду чистой. Обратите внимание своего правительства на проблемы окружающей среды. Это наименьшее, что мы можем сделать для себя и для планеты. Я поднялся на вершину горы и стал лучше понимать свои желания и свои ограничения. Я понял, что только благородные и праведные мечты могут сбыться. Пещера справедлива и, если я пройду третье испытание, я воплощу свою мечту в реальность. Когда я преодолел два первых испытания, я научился лучше понимать других. Большинство людей мечтает о богатстве, славе и роскоши. Они не видят главного в жизни: профессионального успеха, любви и счастья. Именно эти качества делает человека лучшим.

Власть, богатство и социальная реализация не могут принести счастье. Это то, что я ищу на священной горе: счастье и умение владеть своими "противостоящими силами." Я решил проветриться. Шаг за шагом я всё дальше уходил от хижины. Я надеялся увидеть знак свыше.

Солнце стало светить ярче, ветер усилился, но никаких знаков не было. Как я преодолею третье испытание? Как я буду жить, если провалю его и не воплощу в реальность свою мечту? Я гнал все эти дурные мысли прочь, но мой страх был сильнее. Кем я был перед тем, как взобрался на вершину? Совершенно невинным молодым человеком, который боялся мира и людей, которые в нём обитают. Молодым человеком, который пришёл в суд, чтобы бороться за свои права, и ушёл и ни с чем. Иногда, чтобы выиграть, нужно отдать что-то взамен. Этому научила меня жизнь. Птицы вокруг меня, казалось, пели немного встревожено. Они понимали моё беспокойство. Завтра будет новый день, седьмой день на горе. Я должен преодолеть испытание. Помолитесь о моей победе и вы, читатели.

Третье испытание

Вот и настал новый день. На улице тепло, небо просто ослепительно синее. Я лениво поднялся, протирая сонные глаза. Сегодня важный день и я чувствую, что готов к нему. Прежде всего, я хочу приготовить завтрак. Ингредиенты, найденные мною в лесу, будут очень полезными и сытными. Я нагрел сковороду и начал разбивать в неё аппетитные куриные яйца. Брызги жира чуть не попадали в глаза. Как много раз в жизни окружающие ранили нас своими тревогами. Я доедаю свой завтрак, отдыхаю и начинаю подготовку. На первый взгляд, третье испытание очень простое. Несмотря на то, что я не выношу даже мысли об убийстве, я должен сделать это. Смирившись с этим, я покинул хижину. Деревья возле дороги поражают своей массивностью и глубокими корнями. Что я ищу? Успех, победу и достижение. Однако, я не могу отказаться от своих принципов. Они важнее славы, успеха и власти. Третье испытание не даёт мне покоя. Убийство для меня всегда было грехом. Пускай даже убийство животного. С другой стороны, я очень хочу войти в пещеру и исполнить свои мечты. Я должен выбрать между двумя "противостоящими силами" или "противостоящими дорогами."

Я не схожу с тропинки и молюсь, чтобы никого не встретить на своём пути. Кто знает, может быть третье испытание будет отклонено. Но я не думаю, что хранитель позволит этому случиться. Ведь правила нельзя нарушать. Я останавливаюсь и не могу поверить своим глазам: возле меня резвятся оцелот и его три детёныша. Вот и всё. Я не смогу убить мать троих малышей. У меня не хватит духу. Прощай, успех. Прощай, пещера отчаяния. Прощайте, мечты. Я не могу преодолеть третье испытание, и я ухожу. Я вернусь домой к семье. Я поспешил к хижине, чтобы собрать свои вещи.

Хижина снесена. Что всё это значит? Моего плеча касается чья-то рука. Я оборачиваюсь и вижу хранителя.

—Мои поздравления, дорогой! Ты преодолел испытание и можешь войти в пещеру отчаяния. Ты выиграл!

Хранитель награждает меня крепким объятием, и это ещё больше меня запутывает. О чём говорит эта женщина? Я могу продолжить путь? Я не могу в это поверить.

—Что ты имеешь ввиду? Я не прошёл третье испытание. Посмотри на мои руки: они чистые. Я не запятнал своё имя кровью.

—Ты в самом деле думаешь, что Божье дитя смогло бы выполнить мою жестокую просьбу? У меня нет никаких сомнений в том, что ты достоин исполнения всех своих желаний, хоть это и может занять некоторое время. Третьим испытанием ты доказал свою любовь к Божьим созданиям. Наличие такого качества очень важно. Помни: только чистый сердцем сможет войти в пещеру. Если твоё сердце и мысли будут оставаться чистыми, ты сможешь победить её.

—Спасибо, Боже! Спасибо, жизнь, за этот потрясающий шанс. Я обещаю, что не разочарую тебя.

Эмоции нахлынули на меня как в тот день, когда я взобрался на вершину горы.

Действительно ли пещера творит чудеса? Я скоро узнаю.

Пещера отчаяния

После победы в третьем испытании я бы готов к встрече с пещерой отчаяния, которая делает невозможное возможным. Я был ещё одним мечтателем, который решился попытать удачу. С тех пор как я взобрался на гору, я уже не был тем, что прежде. Я был уверен в себе, и я верил в поддержку, которую оказывала мне Вселенная. Объятие женщины успокоило меня. Она всегда была рядом, готова помочь. Я никогда не получал такой поддержки от моей семьи. Я держал свой чемодан под рукой. Пришло время попрощаться с таинственной горой. Испытания, хранитель, призрак, молодая девушка и сама гора, которая, казалось, была живой, помогли мне вырасти за такой короткий промежуток времени. Я был готов к встрече с пещерой отчаяния. Хранитель согласилась провести меня ко входу в пещеру. Мы выдвигаемся в путь, потому что солнце уже склонилось за горизонтом. Мы чувствуем какую-то необыкновенную гармонию с нашими действиями. Растения на обочине и шум зверей в лесу только дополняют это чувство. Но хранитель молчит всю дорогу, а это значит, что меня ожидает опасность. Мы останавливаемся. Мне кажется, что шум горы хочет поведать мне о чём-то. Пользуясь возможностью, я прерываю молчание.

—Можно кое-что спросить? Что за голоса меня постоянно преследуют?

—Ты слышишь голоса. Это интересно. Священная гора обладает магической способностью воссоединять сердца мечтателей. Ты умеешь чувствовать все эти магические вибрации и интерпретировать их. Однако, не придавай им слишком большого значения, потому что это может привести к неудаче. Концентрируйся на своих собственных мыслях, и тогда голоса уйдут. Будь осторожен. Пещера может выявить эту слабость и использовать против тебя.

—Я обещаю следить за этим. Я не знаю, что ждёт меня в пещере, но я верю, что светлые духи помогут мне. Моя судьба находится под угрозой и, по каким-то причинам, мне кажется, что судьба всего мира тоже.

—Хорошо, мы достаточно отдохнули. Давай продолжим наш путь до захода солнца. Пещера находится в четырёх милях отсюда.

Мы ускорили шаг. Четыре мили отделяют меня от моей мечты. Мы находимся на западной стороне вершины горы. Ветер здесь гораздо сильнее. Гора с её тайнами... Я никогда не разгадаю их до конца. Что побудило меня подняться на неё? Невозможное, которое может стать возможным, авантюризм и скаутский инстинкт. В прошлой жизни я чувствовал, как рутина постепенно убивает меня. Сейчас я чувствовал себя живым и по-настоящему готовым к испытаниям. Мы приближаемся к пещере, и я уже могу видеть вход. Мысли атакуют всё моё существо. Я пытаюсь справиться с нервами. Женщина говорит остановиться. Я подчиняюсь.

—Я не могу пойти с тобой дальше. Слушай меня внимательно: перед тем, как войти в пещеру, помолись Отцу нашему и попроси у него ангела-хранителя. Он защитит тебя от опасностей. В пещере будь очень аккуратен, не попадись в ловушки. На главной дороге ты встретишь три вещи: счастье, неудачу и страх. Выбирай счастье. Если ты выберешь неудачу, то до конца жизни останешься бедным и злым человеком, чьи мечты остались далеко позади. Если ты выберешь страх, то остаточно потеряешь себя. Счастье даст тебе доступ к двум уровням, которые мне не известны. Помни: только чистые сердцем могут выжить в пещере. Будь мудрым и помни о своей мечте.

—Я понимаю. Наконец-то пришёл момент, которого я так ждал. Спасибо, хранитель, за всё твоё терпение и помощь мне. Я никогда не забуду тебя и моменты, проведённые вместе.

Я попрощался с хранителем, отчего моё сердце сжалось в тоске. Теперь есть только я, пещера и предстоящая битва, которая изменит историю мира и мою собственную. Из чемодана достаю фонарик, чтобы осветить путь. Ни на минуту я не отвожу глаз от пещеры. Я готов войти. Я кажусь очень маленьким на фоне её величия. Мне нужно собрать силу в кулак и продолжить путь. Я Бразилец, и я никогда не сдаюсь. Первые несколько шагов мне кажется, что кто-то меня преследует. Я думаю, что Бог считает меня особенным и обращается со мной, как со Своим сыном. Я ускорил шаги и наконец-то вошёл в пещеру. Я должен подавить эмоции от первого впечатления из-за ловушек, поджидающих где угодно. Воздух здесь влажный и довольно холодный. Повсюду были сталактиты и сталагмиты. Я прошёл около пятидесяти ярдов, когда тело от холода начало знобить. На ум начали приходить мысли о том, что я прошёл перед восхождением на гору: унижения, несправедливость, зависть. Кажется, будто мои враги прячутся в этой пещере и ждут подходящего момента, чтобы атаковать. Я исполнил эффектный прыжок и преодолел первую ловушку. Огонь пещеры почти обжигал меня. Наде повезло гораздо меньше. Я не знаю, каким чудом сталактиту, свисающему с потолка, удалось выдержать мой вес, но именно он спас меня от ловушки. Нужно идти дальше, нужно продолжать путешествие к неизведанному. Мои шаги ускорились. Большинство людей всегда торопятся. Торопятся выиграть и достичь цели. Фантастическое проворство только что спасло меня от второй ловушки. Это были копья. Бесчисленное количество копий, которые смотрели прямо на меня. Одно из них было так близко, что практически царапала моё лицо.

Пещера хочет уничтожить меня. Мне нужно быть более осторожным. Прошёл час с тех пор, как я вошёл в пещеру, но то, о чём говорила хранитель, так и не показывалось. Должно быть, я уже близко. Мои шаги ускорились, сердце подало тревожный знак. Иногда мы не придаём особого значения сигналам своего тела. Это может привести к неудаче и разочарованию. К счастью, это не мой случай. Я слышу громкий шум и начинаю бежать. Через несколько минут я понимаю, что меня преследует гигантский камень, который катится на большой скорости. Некоторое время я бегу и, внезапно, сворачиваю в другую сторону пещеры. Когда камень прокатывается мимо меня, передняя часть пещеры закрывается и передо мной появляются три двери. Они олицетворяют счастье, неудачу и страх. Если я выберу неудачу, то навсегда останусь бедным человеком, которому так и не судилось стать писателем. Люди будут жалеть меня. Если я выберу страх, то никогда не стану известным и не добьюсь своего. Я могу потерять себя навсегда. Если я выберу счастье, я буду дальше идти за своей метой и смогу преступить ко второму уровню.

У меня есть три варианта: дверь справа, дверь слева и дверь посредине. Каждая из них олицетворяет либо счастье, либо неудачу, либо страх. Я должен сделать правильный выбор. Со временем я научился преодолевать свои страхи: страх темноты, страх быть одиноким и страх перед неизвестностью. Также я научился не бояться успеха и будущего. Должно быть, страх олицетворяет правая дверь. Неудача является результатом плохой подготовки. Да, у меня было несколько неудач, но я никогда не сдавался. Неудача должна учить не повторять ошибок. Неудачу олицетворяет левая дверь. Наконец, дверь посередине должна олицетворять счастье, потому что праведный человек не пойдёт ни вправо, ни влево. Праведный человек счастлив всегда. Я набрался мужества и открыл среднюю дверь. За дверью я увидел широкую гостиную. На крыше было выведено слово Счастье. В центре гостиной я увидел ключ, который, видимо, открывает следующую дверь. Первый шаг сделан. Осталось ещё два. Ключ идеально подошёл к двери. Я открыл дверь, за которой находился новый коридор. Я шёл по нём, размышляя о том, с какими ловушками мне ещё предстоит столкнуться и куда приведёт меня этот коридор. Вопросов больше чем ответов. Я продолжаю идти. Постепенно мне становится тяжело дышать из-за воздуха, количество которого медленно сокращается. Я прошёл примерно десять миль и должен сохранять внимательность к деталям. Я слышу шум и падаю на землю, чтобы защитить себя. Это летучие мыши. Они будут сосать мою кровь? Они плотоядны? К счастью для меня, они исчезают в просторах коридора. Я вижу чьё-то лицо, и моя кровь стынет. Это призрак? Нет. Это существо из плоти и крови, и оно движется на меня, готовое сразиться. Это один из священников- ниндзя, проживающих в пещере. Битва начинается. Он очень быстрый и пытается нанести решающий удар, но я успеваю увернуться. Я бью в ответ, применяя движения, которые видел в фильмах. Это работает. Я нанёс ему вред, и он начинает отступать. Священник применяет свои боевые навыки, но я готов к этому. Я бью его камнем по голове, и он падает без сознания. Я против насилия, но в этом случае оно было необходимо. Я хочу перейти к следующему уровню и к следующим тайнам пещеры. Я продолжаю свой путь, обращая внимание на все детали и стараясь не попасться в ловушку. Благодаря влажному воздуху дышать становится легче. Я чувствую силу положительных мыслей, посланных хранителем. В пещере становится всё более темно, но темнота выявляет реальный вид этой пещеры. Я вижу перед собой лабиринт. Ещё одна ловушка. Вход в лабиринт очень хорошо просматривается. Но где же выход? Как войти и него и не заблудиться? Но у меня только один вариант: войти в лабиринт и попытать удачу. Я собираюсь с мыслями и делаю несколько шагов в сторону лабиринта. Помолись, читатель, чтобы у меня получилось найти выход. В голове нету никакого плана. Мне нужно напрячь все свои знания и умения, чтобы выбраться из этого ужаса. С мужеством и верой, я всё дальше углубляюсь в лабиринт. Внутри он кажется мне страшнее, чем снаружи. Я начинаю вспоминать жизненные ситуации, в которых я запутывался так же, как в этом лабиринте. Мой отец ушёл из жизни ещё совсем молодым. Его смерть стала потрясением для меня. Во времена, когда у меня не было образования и работы, я тоже чувствовал себя запутавшимся в лабиринте. Сейчас я нахожусь в такой же ситуации. Я продолжаю идти. Лабиринт, кажется, не имеет конца. Вы когда-нибудь находились в отчаянии? В тот момент я находился в глубоком отчаянии. Поэтому эта пещера называется пещерой отчаяния. Мне нужно собраться с последними силами и подняться. Мне нужно найти выход любой ценой. Меня озаряет идея; я смотрю на потолок и вижу много летучих мышей. Я буду следовать за одной из них. Она будет моим «воином». Воин победит лабиринт. Летучие мыши летают очень быстро, мне нужно просто не отставать. Хорошо, что моё физически подготовлено к такому испытанию. Я вижу свет в конце лабиринта. Я спасён.

Конец лабиринта приводит меня к странной зеркальной комнате. Я аккуратно иду по ней, стараясь ничего не разбить. Я вижу своё отражение во всех этих зеркалах и задумываюсь о том, кем я есть сейчас. Бедным молодым мечтателем, который стремится познать своё предназначение. Я выгляжу взволновано. Что всё это значит? Стены, потолок, всё в этой комнате сделано из стекла. Я прикасаюсь к поверхности зеркала. Этот хрупкий материал хорошо отражает мою сущность. Внезапно, на трёх зеркалах появляются следующая картина: ребёнок, молодой человек в гробу и пожилой мужчина. Во всех этих людях я вижу отражение себя. В самом деле, во мне присутствуют детские качества, такие как чистота, невинность и доверие к людям. Я дорожу этими качествами и не хочу от них избавляться. Молодой пятнадцатилетний парень олицетворяет болезненную фазу в моей жизни: потерю отца. Несмотря на жестокость, он всё-таки был моим отцом. Я до сих пор вспоминаю о нём с ноткой ностальгии. Пожилой мужчина олицетворяет моё будущее. Каким оно будет? Буду ли я успешным? Женатым, свободным или, может быть, вдовцом? Я не хочу обижать этого старика. Довольно с меня этих картин. Я живу сейчас. Я молодой писатель двадцати шести лет со степенью по математике. Я больше не ребёнок и не пятнадцатилетний парень, потерявший отца. И, тем более, ещё не старик. Меня нет на этих картинах. Я есть я. Внезапно, зеркало с этими изображениями разбивается и появляется дверь. Это путь к третьему уровню.

Я открываю дверь и вижу следующий коридор. Что ждёт меня в нём? Давай продолжим вместе, читатель. Я иду, сердце выпрыгивает из груди точно так же, как во время прохождения первого уровня. Я преодолел много испытаний и ловушек и уже считаю себя победителем. Я вспоминаю о тех временах, когда был маленьким и игрался в маленьких пещерах. Сейчас всё совершенно по-другому. Эта пещера огромная и кишит ловушками. У фонарика скоро сядут батарейки. Я продолжаю идти и прямо перед собой вижу новую ловушку: две двери. И снова "противостоящие силы". И снова нужно выбирать. Я вспоминаю испытание, которое было похоже на это. Тогда я выбрал правый путь. Сейчас ситуация другая. Я нахожусь в непроглядной темноте пещеры. Я сделал свой выбор. Я вспоминаю слова хранителя о том, что должен учиться. Мне нужно узнать эти две силы, чтобы полностью контролировать их. Я выбираю дверь слева. Я медленно открываю её в страхе перед тем, что за ней может скрываться, и вижу такую картину: храм с изображениями святых на стенах и чашей на алтаре. Может ли она оказаться Святой Граалю, потерянной чашей Христовой, которая дарует вечную молодость тому, кто выпьет из неё? Мои ноги подкашиваются. Я быстро подбегаю к чаше и начинаю пить. У вина просто божественный вкус. Я чувствую головокружение, мир вертится, поют ангелы и трясётся земля. Я вижу Еврея по имени Иисус вместе со своими апостолами, которые обсуждают перспективы исцеления, обучения и освобождения своего народа. Я созерцаю всё величие его чудес и безграничной любви. Я также вижу предательство Иуды и Дьявола за его спиной. И, наконец, я вижу его воскрешение и славу. Я слышу голос, который говорит мне: Проси, что хочешь. И, ошалелый от радости, восклицаю: Я хочу стать Провидцем!

Чудо

После того, как я озвучил свою просьбу, святыня начала вибрировать и наполняться дымом. Я слышал отдалённые голоса, но не мог разобрать, что они говорили. Из чаши поднялось небольшое пламя и приземлилось мне на ладонь. Свет от этого огня озарил всю пещеру. В стене пещеры появилась новая дверь. Она открылась и сильный ветер начал подталкивать меня к ней. Я думал о всех приложенных мною усилиях: обучении, следовании Божьим законам, восхождении на гору, испытаниях и входе в пещеру. Все эти усилия помогли мне духовно вырасти. Сейчас я готов быть счастливым и исполнять свои мечты. Пещера отчаяния разрешила мне озвучить свою просьбу. Я вспоминаю всех тех, кто так или иначе приложили руку к моему успеху и победе: мой школьный учитель, Мистер Сокорро, который научил меня читать и писать, мои учителя жизни, мои школьные друзья и друзья по работе, моя семья и хранитель, которая помогла мне преодолеть испытания и эту пещеру. Сильный ветер продолжает подталкивать меня к двери и вот я уже внутри тайной комнаты.

Сила, которая подталкивала меня, наконец, утихает. Дверь закрывается. Я нахожусь в очень большой, высокой и тёмной комнате. По правую сторону от меня я вижу маску, свечу и Библию. Слева находится плащ, билет и распятие. В центре, высоко, я вижу круглый железный аппарат. Я иду направо: надеваю маску, беру свечу и открываю Библию. Я иду налево: надеваю плащ, пишу своё имя на бумаге и правой рукой беру распятие. Я иду к центру, становлюсь напротив аппарата и произношу восемь магических букв: П-р-о-в-и-д-е-ц. В этот момент, устройство начинает лучиться светом и поглощать меня. Я чувствую запах ладана, который зажигается каждый день в память о великих мечтателях: Мартин Лютер Кинг, Нельсон Мандела, Мария Тереза, Франциск Ассизский и Иисус Христос. Моё тело вибрирует и начинает парить. Мои чувства обостряются, и теперь я начинаю гораздо глубже понимать все тонкости человеческой души. С этим даром я смогу совершать чудеса во времени и пространстве. Круг света начинает замыкаться. Чувства вины, нетерпимости и страха стираются с моего сознания. Я почти готов: видения появляются одно за другим и сбивают меня с толку. Наконец круг замыкается. Я вижу много открытых дверей, а мой новый дар помогает мне отлично чувствовать, видеть и слышать. Повстанческие крики героев, различные времена и места…Все эти важные вещи и значимые вопросы начинают есть моё сердце. Испытание новым даром началось

Выход из пещеры

Всё уже позади. Осталось лишь найти выход из пещеры и начать своё настоящее жизненное путешествие. Моя мечта сбылась, и сейчас мне нужно работать над ней. Через некоторое время, я покидаю тайную комнату. У меня такое ощущение, что ни одно живое существо ещё не бывало здесь. Пещера отчаяния навсегда изменится после того, как я завоевал в ней победу, уверенность и счастье. Вот я возвращаюсь к третьему уровню: портреты святых всё так же висят на стенах святилища. Кажется, они тоже рады моему успеху. Чаша лежит на земле. Вино в самом деле было вкусным. Я прохожу третий уровень и чувствую атмосферу этого места. Она здесь такая же священная как на горе и в пещере. Я издаю крик радости, который эхом отбивается от стен пещеры. Мир изменится после Провидца. Я останавливаюсь, думаю и осматриваю себя с разных сторон. Наконец, я прощаюсь со святилищем и возвращаюсь к той же двери слева, которую выбрал до этого. Путь провидца нелёгок, поскольку ему нужно будет научиться усмирять свои противостоящие силы и учить этому других. Дорога налево олицетворяет знания, непрерывную школу усмирения противостоящих сил, раскаяние и даже саму смерть. Путешествие становится изнуряющим из-за темноты и влаги этой большой пещеры. Испытание Провидца может требовать гораздо большего, чем я думаю:

испытание сердец, жизней и чувств. И это ещё не всё: мне нужно заботиться как о других, так и о себе. Пещера сужается. Вместе с ней сужается и спектр моих мыслей. Я ощущаю всплеск тоски по дому, математике и личной жизни. В конце концов, я начинаю скучать по себе самому. Я ускоряю шаг и оказываюсь на втором уровне. Разбитые зеркала олицетворяют сейчас мой разум, который расширился и стал более гибким, благодаря хорошему настроению, дарам и способностью распознавать ошибки. Уровень с зеркалами олицетворяет мою душу. Знания, которые я получил благодаря этому, останутся со мной до конца жизни. В уме снова всплыли картины с ребёнком, молодым парнем и стариком. Эти лица – мои лица. Лица, которые я бережно ношу с собой, поскольку они являются частью меня самого. Я покидаю второй уровень. Вместе с ним уходят и эти мысли. Я в коридоре, который ведёт к первому уровню. Мои представления о будущем и надеждах изменились. Я Провидец, особенное и усовершенствованное существо, которому предначертано воплощать мечты в реальность. Знания и опыт, которые я получил перед тем, как войти в пещеру, послужили мне хорошей тренировкой будущих навыков. Я продвигаюсь дальше и мельком вижу лабиринт. Это испытание практически убило меня. Мне помогла летучая мышь, которую я нарёк Воином. Теперь мне не нужна её помощь, потому что сейчас, с моими новыми навыками, я легко отыщу выход из лабиринта сам. Теперь у меня есть дар хорошо ориентироваться в пяти чувствах осязания. Как часто в жизни мы чувствуем, что заблудились в лабиринте: когда теряем работу; когда чувствуем разочарование любовью или нашей жизнью; когда бросаем вызов старшим по рангу; когда теряем надежду и способность мечтать; когда теряем контроль над своей жизнью. Помните: Вселенная даёт человеку всё необходимое, нужно лишь идти за этим и доказать свою достойность. Это то, что я сделал. Я взобрался на вершину горы, преодолел три испытания, вошёл в пещеру, обошёл ловушки и достиг того, чего желал. Я прошёл лабиринт, но не радовался этому так, как радовался своей победе над пещерой. Меня ждут новые горизонты. Я прошёл примерно две мили и почувствовал усталость. Пот струится по мне. Я ощущаю, как воздух давит на меня из-за низкой влажности. Я подхожу к ниндзя, которого отправил в нокаут. Он до сих пор в отключке. Мне жаль, что я обошёлся с тобой таким образом, но на кону были мои мечты и надежды. Серьёзные ситуации вынуждают нас принимать серьёзные решения. Страх, стыд и мораль в таких случаях не помогают, а препятствуют. Я приподнял его лицо и попытался вернуть ему сознание. Я поступил так, потому что мы с ним больше не враги, а соратники. Наконец он очнулся и, тяжёлым голосом, поздравил меня с победой. Всё осталось позади: битва, наши "противостоящие силы", наши разные языки и разные цели. Теперь мы оказались в совершенно другой ситуации. Мы можем говорить, понимать друг друга, и, почему бы и нет, подружиться. Эта пословица как раз подходит к такому случаю: Сделай своего врага преданным и верным другом. Наконец он обнимает меня, прощается и желает мне удачи. Я отвечаю ему тем же. Этот человек станет частью моего воспоминания о таинственной пещере, станет частью моей жизни и моего мира. Нас можно назвать "противостоящими силами", которые нашли друг друга. Это и является целью моей книги: воссоединить "противостоящие силы". Я продолжаю идти по коридору пещеры и наконец прохожу первый уровень. Я чувствую себя уверенным и спокойным. Волнение, которое заставляло моё сердце бешено биться при входе в пещеру, исчезло. Меня пугали страх, темнота и неизвестность. Три двери, олицетворяющие счастье, страх и неудачу помогли мне понять смысл этих вещей. Неудача олицетворяет всё то, от чего мы бежим, не зная причины. Неудачи всегда учат нас. Благодаря неудачам, человек начинает понимать несовершенство этого мира, что путь ещё не пройдён и всё ещё можно изменить. Мы всегда перерождаемся. Например, деревья: они сбрасывают листья и при этом остаются живыми. Давайте и мы будем перерождаться, ведь сама жизнь требует этого. Мы ощущаем страх всякий раз, когда чувствуем угрозу или угнетение. Боясь, мы терпим неудачи. Нужно преодолевать свои страхи чтобы понять, что они существуют только в нашем воображении. Я прошёл уже большую часть пещеры и достиг дверей Счастья. Каждый может войти в эту дверь и обнаружить, что счастье существует и может быть достигнуто, если находиться в гармонии со Вселенной. Это достаточно просто. Офисный работник, каменщик и дворник рады тому, что исполняют свои миссии. Фермер, плантатор и ковбой тоже счастливы, ведь они собирают урожай. Учитель в преподавании, писатель в чтении, священник в молитве и нуждающиеся дети в прошении рады получить слова заботы и ласки. Счастье находится внутри нас, и оно ждёт, пока мы найдём и раскроем его. Чтобы быть по-настоящему счастливыми, мы должны забыть о ненависти, сплетнях, неудачах, страхе и стыде. Я продолжаю идти и задумываюсь о тех людях, которые ни во что не верят, не ищут праведный путь или предназначение. Никто из них не выжил бы в ловушке, ведь за собой они не несут никакого света. А человек несчастен, когда один. Только силы всего человечества могут помощь одному человеку обрести себя. Он может занять своё место в мире только тогда, когда полон гармонии со Вселенной. Сейчас я чувствую себя именно так: наполненным гармонией со Вселенной. Потому что я взобрался на вершину горы, преодолел три испытания, победил пещеру и осуществил свою мечту. Я вижу свет в конце туннеля. Значит, моё путешествие скоро подойдёт к концу.

Воссоединение с хранителем

Я выхожу из пещеры. В синем небе ярко светит диск солнца. Ветер северо-западный. Я не могу налюбоваться тем, что вижу вокруг. Какая же красивая и большая наша планета. Сейчас я ощущаю себя важной частью Вселенной, поскольку я взобрался на гору, преодолел три испытания и победил пещеру. Я чувствую, что изменился. Ведь теперь я не мечтатель, а настоящий победитель с настоящими дарами. Пещера в самом деле сотворила чудо. На самом деле, чудеса происходят каждый день, нужно просто видеть их. Помощь друга, дождь после засухи, милостыня, уверенность в себе, рождение ребёнка, настоящая любовь, комплимент, приятные неожиданности, вера, удача, судьба; и всё это чудеса, которые случаются каждый день. Не правда ли, жизнь не скупится на прекрасное?

Я продолжаю зачаровано осматривать окрестность. Я соединён со Вселенной так же, как и она со мной. Мы составляем одно целое и лелеем те же цели, надежды и мечты. Я настолько растворён, что не замечаю ход времени и как маленькая рука прикасается к моему телу. Я остаюсь в том же особенном и уникальном духовном состоянии, пока этот баланс не нарушается чьей-то попыткой достучаться до меня снаружи. Я вижу маленького мальчика и хранителя. Они достаточно долго ждали, пока я выйду из транса.

—Ты выжил в пещере. Поздравляю! Я так на это надеялась. Среди других воинов, которые пытались войти в неё, ты был самым способным. Однако, помни, что пещера это всего лишь один шаг среди всех других испытаний, с которыми тебе ещё предстоит столкнуться. Знания дают самую большую власть, которую никто не сможет у тебя отобрать. Испытание окончено. Я привела сюда этого ребёнка, чтобы он сопутствовал тебе в настоящем путешествии. Он тебе пригодится. Твоя миссия заключается в том, чтобы воссоединить "противостоящие силы" и сделать так, чтобы их баланс начал приносить плоды. Кое-кто нуждается в твоей помощи. Поэтому я посылаю тебя.

—Спасибо. Пещера в самом деле помогла моей мечте сбыться. Теперь я Провидец и готов к новым испытаниям. В чём состоит это настоящее путешествие? Кто этот человек, которому нужна моя помощь? Что со мной произойдёт?

—Вопросы, вопросы, мой дорогой. Я отвечу только на один из них. С помощью своих новых сил, ты отправишься в путешествие назад во времени, чтобы помочь кое-кому побороть несправедливость и обрести себя. Остальное ты узнаешь сам. У тебя есть тридцать дней, чтобы выполнить задание. Не трать время зря.

—Хорошо. Когда мне приступать?
—Сегодня. Времени в обрез.

Сказав это, женщина оставила ребёнка и дружелюбно попрощалась. Что ожидает меня в этом путешествии? В самом ли деле Провидец может справиться с несправедливостью? Я думаю, что в этом путешествии мне пригодятся все мои способности.

Прощание с горой

От горы веет спокойствием и миром. Я научился уважать её с тех самых пор, как пришёл сюда. Я думаю, что уважение помогло мне преодолеть испытания и победить пещеру. Она на самом деле была священной благодаря шаману, который заключил странный контракт с силами Вселенной. Он пообещал отдать свою жизнь в обмен на процветание своего племени. Целыми веками племена Шукуру были главными среди других племён. В то время их племена воевали из-за злодеяний хитрого волшебника с северного племени Куалопу. Он жаждал власти и полного контроля над племенами. Племя хотело захватить весь мир с помощью тёмной магии. Так развернулась война. Южное племя начало мстить и атаковать, за чем последовало множество смертей. Племя Шукуру было на грани вымирания. Тогда шаман с юга заключил договор с помощью своих магических сил. Южное племя выиграло войну, колдун был убит, шаман заплатил цену за свою просьбу и мир был восстановлен. С тех пор гора Ороруба стала священной.

Я стою у подножия горы и пытаюсь проанализировать ситуацию. У меня есть невыполненное задание и мальчик, за которым нужно присматривать, хоть я ещё и не отец. Я осматриваю мальчика с головы до пят и понимаю, что это тот же мальчик, который стал жертвой жестокого обращения хозяина. Я даже подумал, что он немой, ведь я ещё не услышал от него ни слова. Я нарушаю молчание.

—Сынок, а твои родители отпустили тебя путешествовать со мной? Я возьму тебя с собой при условии, что это необходимо.

—У меня нет семьи. Моя мать умерла три года назад. После этого обо мне заботился отец. Но мне пришлось сбежать от него. Сейчас обо мне заботится хранитель. Вспомни, что она сказала: я нужен тебе в путешествии.

—Прости. Скажи мне: как обидел тебя твой отец?

—Он заставлял меня работать по двенадцать часов в день. Еды было очень мало. Мне не разрешалось играть, учиться и даже иметь друзей. Он часто избивал меня. К тому же, он никогда не проявлял ко мне отцовской любви. Так что я решил сбежать.

—Я понимаю твоё решение. Для ребёнка ты очень смышлёный. Ты больше не пострадаешь от

рук этого монстра. Я обещаю заботиться о тебе во время путешествия.
— Заботиться обо мне? Что-то я сомневаюсь.
— Как тебя зовут?
— Ренато. Такое имя дала мне хранитель. До этого у меня не было ни имени, ни прав. А как тебя зовут?
— Алдивен. Но ты можешь называть меня Провидцем или Дитя Бога.
— Хорошо. Когда мы начнём путешествие, Провидец?
— Скоро. Я хочу попрощаться с горой.
Я жестом указал Ренато идти за мной. Перед тем, как исчезнуть в погоне за неизвестным, я хочу обойти все тропинки и уголки этой местности.

Путешествие назад во времени

Я только что попрощался с горой. Это место обогатило мои знания и помогло духовному росту. У меня останутся только приятные воспоминания об этой уютной горной вершине, где я прошёл три испытания, встретил хранителя и вошёл в пещеру. Я не смогу забыть призрака, молодую девушку и ребёнка, который сейчас со мной. Все они сыграли важные важны роли в моём путешествии. Они внесли свой вклад в моё видение мира. Благодаря им я вырос. Теперь я готов к новому испытанию. Больше не будет горы и пещеры. Пришло время путешествия назад во времени. Что ожидает меня? Много приключений? Время покажет. Я скоро покину вершину горы с моим чемоданом с вещами и мальчиком. Внизу я вижу улицу, принадлежащую деревушке Мимозо. Отсюда она кажется очень маленькой. Она важна для меня, потому что именно с неё начался мой путь на гору, где я преодолел испытания, встретил хранителя, молодую девушку, призрака и мальчика. Без этого всего я бы не смог стать Провидцем и не обрёл дара понимать тайны сердец и перемещаться назад во времени. Решение принято. Я ухожу.

Я беру ребёнка за руку и начинаю концентрироваться. Дует холодный ветер, солнце стоит высоко в небе, слышен шёпот голосов. Откуда-то снизу я слышу чей-то слабый голос, зовущий на помощь. Я сосредотачиваюсь на этом голосе и применяю свои силы, чтобы найти его. Это тот же голос, который я слышал в пещере отчаяния. Это голос женщины. Я создаю круг света, чтобы защитить нас от последствий путешествия во времени. Я начинаю увеличивать нашу скорость. Мы должны достигнуть скорости света, чтобы прорваться сквозь временной барьер. Увеличивается давление воздуха. Я чувствую головокружение, растерянность и смущение. На мгновение я вторгаюсь в миры и плоскости, параллельные нашим. Я вижу несправедливое мироустройство и властных тиранов, похожих на наших. Я вижу мир духов и наблюдаю за тем, как идеально он существует в нашем мире. Я вижу огонь, свет, тьму и завесу дыма. Тем временем, наша скорость увеличивается всё больше и больше. Мы близки к тому, чтобы догнать скорость света. Мир начинает вращаться и, на мгновение, я вижу себя в старой Китайской империи, работающим на ферме. В следующем отрывке я нахожусь в Японии и подаю закуски императору. В мгновение щелчка, я оказываюсь в Африке во время ритуала жертвоприношения Оришан. За короткий промежуток времени я проживаю несколько жизней. Скорость увеличивается ещё больше и, в мгновение, достигает предела. Мир прекращает вращаться, круги гаснут и мы падаем на землю. Путешествие во времени завершено.

Где я?

Я просыпаюсь и понимаю, что один. Что случилось с Ренато? А вдруг он не пережил путешествие во времени? На тот момент я не мог придумать ничего получше. Подождать? Где я? Я не знаю этого места. Здесь нету ни земли, ни неба. Полнейший вакуум. Недалеко от того места, где я приземлился, проходит странная процессия людей, одетых в чёрное. Я иду к ним, чтобы выяснить, что произошло. Я не люблю находиться в неизвестных местах один. При ближайшем рассмотрении я вижу, что эта процессия ни что иное, как похороны. Гроб несут три человека. Я подхожу к одному из этих мужчин, чтобы узнать, что происходит.

—Что происходит? Что это за похороны?
—Мы хороним веру и надежду этих людей.
—Что? Как?

Я совсем ничего не понимаю и ухожу с похорон. Что делали эти странные люди? Насколько я знаю, хоронят лишь мёртвых людей. Чувства обычно не хоронят. В какой отчаянной ситуации мы бы не находились, хоронить веру и надежду нельзя. Похоронная процессия исчезает за горизонтом. Появляется солнце. Его сильное свечение видно с верхней части равнины. Свет проникает в меня и поглощает всё моё существо. Я забываю обо всех проблемах, печалях и страданиях. Это явление Господа, и я чувствую себя полностью расслабленным и уверенным в его присутствии. Внизу равнины я вижу сгущение теней и появление злодеев. Видение темноты ожесточает меня. Две разные равнины олицетворяют "противостоящие силы", с которыми мы так часто сталкиваемся. Я на стороне добра, и я буду прилагать все усилия, чтобы оно всегда побеждало. Две равнины исчезают из поля зрения и я остаюсь совсем один в пустом пространстве. Появляется земля, синее небо и, в одно мгновение, я просыпаюсь как ото сна.

Первые впечатления

Наконец я по-настоящему проснулся. Это не может не радовать. Путешествие во времени, похоже, увенчалось успехом. Возле себя я вижу спящего Ренато, который, похоже, до сих пор наслаждается путешествием. Где я? Надеюсь, что скоро узнаю. Я медленно осматриваю местность. Она кажется мне знакомой. Горы, растения, топография...Всё кажется до боли узнаваемым. Стоп. Что-то изменилось. Деревня больше не похожа на ту, что есть в моих воспоминаниях. Дома, разбросанные по обе стороны от меня, не составляют целую улицу. Я понимаю, что случилось: мы путешествовали во времени, но не в пространстве. Нужно спуститься с горы, чтобы осмотреть местность. Я начинаю будить Ренато. Мы не можем терять время, ведь у нас есть лишь тридцать дней для того, чтобы помочь нуждающемуся во мне человеке. Ренато потягивается и неохотно начинает спускаться с горы вместе со мной. Сомневаюсь, что он перемещался во времени раньше. Он всего лишь мальчик, которому нужна опека

Мы прошли уже большую часть дороги и теперь могли лучше рассмотреть Мимозо. На улице мы увидели играющих детей, прачку на небольшой плотине и компанию молодых людей, которые общались в одном из скверов. Мне интересно, кто нуждается в помощи. Ответы на все вопросы мы узнаем в ходе книги. Я замечаю, что с небом над Мимозо что-то не так: оно затянуто чёрными тучами. Нужно выяснить, что это значит. Мы ускоряем шаг. Вот мы уже в сотне ярдов от деревни. На северной стороне возвышается стильный и красивый дом. Должно быть, это какая-то важная резиденция. На западе, на фоне других домов выделяется величественный и пугающий Чёрный Замок. Наконец мы приходим в деревню. Мы находимся в центре, где расположено большинство домов. Я хочу найти отель, чтобы отдохнуть от изнуряющей дороги. Руки устали нести чемодан. Я спрашиваю у местного жителя, как пройти к отелю. Он отвечает, что отель находится немного южнее того места, где мы сейчас. Что ж, в путь.

Отель

Дорога к отелю прошла спокойно. Люди не особо нас рассматривали. Но некоторые фигуры из тех, что встречались на пути, весьма выделялись. Например, женщина с шляпкой в стиле Кармен Миранды, мальчик со следами от кнута на спине и грустная девушка в сопровождении трёх мужчин, которые, как оказалось, были её телохранителями. Все они вели себя так, будто эта деревня не была совсем обычный. Вот мы уже стоим перед отелем. Снаружи отель выглядит как одноэтажная кирпичная резиденция площадью около 1600 квадратных футов и перевёрнутой на домашний лад в-образной крышей. Окна и двери деревянные и украшены забавными занавесками.

Перед отелем расположен небольшой огород с различными растениями. Это был единственный отель в Мимозо. По соседству, буквально в двух шагах, находилась газовая станция. Я осмотрел дверь в поисках звонка, но потом вспомнил, что мы находимся в другом времени и, к тому же, в деревне. Единственным решением был громкий крик, который может разбудить даже мёртвого.

—Эй! Есть кто-нибудь?

Спустя некоторое время дверь со скрипом отворилась. В проходе появилась величественная фигура женщины лет шестидесяти со светлыми глазами и рыжими волосами. Она была стройной, с румянцем на щеках и, судя по выражению лица, немного грустной.

—Что это за ужасный шум? У вас что, совсем нету манер?

—Простите, но только так я мог привлечь Ваше внимание. Вы владелец отеля? Нам нужно место на 30 дней. Я щедро заплачу.

—Всё верно. Я уже больше тридцати лет владею этим отелем. Меня зовут Кармен. У меня свободна только одна комната. Вас интересует? Это, конечно, не пятизвёздочный отель, но у нас есть еда, гостеприимные люди и постоянное жилище.

—Да, мы согласны. Мы очень устали с долгой дороги. Расстояние отсюда до столицы составляет примерно сто сорок миль.

—Что ж, тогда комната ваша. Условия договора мы обсудим позже Добро пожаловать.

Располагайтесь и отдыхайте. Чувствуйте себя как дома.

Мы идём ко входу, который проходит через сад. Хороший отдых и вкусная еда восстановят наши силы. Хозяйка отеля кажется очень славной женщиной. Проживание в отеле обещает быть разнообразным и весёлым. Когда у неё будет минутка времени, мы можем поговорить и узнать друг друга получше. Я должен выяснить, кто нуждается в моей помощи и какие испытания я должен преодолеть, чтобы воссоединить "противостоящие силы." Это путешествие станет первой ступенью моего развития моего испытания как ясновидящего.

Кармен открывает дверь, и мы входим в маленькую комнату, обставленную в духе Ренессанса. Атмосфера здесь очень знакомая. На скамейке справа сидят трое мужчин. Один из них молодой красивый парень, примерно лет двадцати, со стройной фигурой, тёмными глазами и волосами; второй хорошо сложенный мужчина лет сорока, с карими глазами, чёрными волосами и обаятельной играющей улыбкой; третий мужчина пожилой, смуглый, с кудрявыми волосами и серьёзным выражением лица. Кармен жестом представила их нам:

—Это мой муж Гумерсинду (указывая на пожилого мужчину). А это два моих гостя: Риванио (мужчина лет сорока) все знают как Ванинхо, он работает на возкале; Гомес (молодой парень) работает в сельском магазине.

—Меня зовут Алдивен, а это мой племянник Ренато.

Кармен познакомила нас с гостями, а потом провела в нашу комнату. Она была просторной, светлой и чистой. Я увидел две кровати. Мы сложили наши чемоданы и удобно разместились. Кармен ушла. Сейчас мы немного отдохнём, а потом пойдём ужинать.

Ужин

Я хорошо поспал и проснулся с восстановленными силами. Я в отеле рядом с Ренато. Меня немного мучает совесть за ту ложь, что я сказал хозяйке отеля. Я не с Ресифи и Ренато не мой племянник. Однако, лучше оставить всё как есть. Ведь я не знаю людей, которым представился. Лучше пока держаться на расстоянии. Доверия такая штука, которую нужно заслужить. К тому же, если бы я сказал правду, они бы сочли меня сумасшедшим. А правда в том, что я взобрался на вершину горы в поисках мечты, преодолел три испытания и вошёл в пещеру отчаяния. Уклоняясь от ловушек, я стал Провидцем и совершил путешествие во времени в поисках того, чего пока сам не знал. Поэтому прежде всего я ищу здесь ответы. Я встал с кровати, разбудил Ренато и направился вместе с ним в столовую. Мы были голодными, так как не ели в течении шести часов.

Мы вошли в столовую, поздоровались и сели. Еда была в северо-восточном стиле: кукурузная каша с молоком и рагу из кукурузной муки с курицей. На десерт торт из маниоки. Завязывается разговор.

—Ну, Мистер Алдивен, чем Вы занимаетесь по жизни и что привело Вас в это крошечное местечко? - спросила Кармен.

—Я репортёр, журналист и учитель математики. Столичная газета отправила меня к вам за новыми историями. Правда ли, что это место скрывает много тайн и загадок?

—Пожалуй. Однако, нам запрещено говорить об этом. Может, Вы не знаете, но мы подчиняемся правилам и законам Императрицы Клемильды. Она очень сильная волшебница и использует тёмные силы, чтобы наказывать тех, кто ей не повинуется. Будьте внимательны: она слышит всё.

Я чуть не подавился едой. Теперь ясно, почему в небе над Мимозо так много чёрных туч. Баланс "противостоящих сил" разрушен. Силы этой злой женщины блокировали поступление солнечных лучей. Нельзя допустить, чтобы это продолжалось слишком длительное время. Мимозо грозит опасность исчезновения.

—Это правда, что журналисты много врут? - спрашивает Риванио.

—В моём случае, нет. Я стараюсь быть честным в новостях и в своих убеждениях. Настоящий журналист должен быть серьёзным, этичным и любить свою профессию.

—Вы женаты? Чего Вы хотите добиться в жизни? – спрашивает Кармен.

—Нет. Однажды, какой-то человек сказал мне, что Господь обязательно пошлёт мне вторую половинку. Сейчас я сконцентрирован на учёбе и своих мечтах. Любовь придёт в один прекрасный день, если такова моя судьба.

—Мистер Гумерсинду, расскажите мне о Мимозо.

—Сер, как уже сообщила Вам моя жена, нам запрещено говорить о трагедии, которая произошла несколько лет назад. С тех пор, как Клемильда завладела деревней, наша жизнь изменилась.

Эмоции переполняли всех, кто был в той комнате. На глазах Гумерсинду выступили слёзы. Это было лицо бедного человека, который устал от жестокой диктатуры волшебницы. Жизнь потеряла смысл для этих людей. Всё, что им осталось, это ждать смерти в надежде, что кто-нибудь им поможет.

—Успокойтесь. Это не конец света. Такая ситуация не может продолжаться. Противостоящие силы этого мира должны восстановиться. Не беспокойтесь. Я помогу вам.

—Как? У ведьмы есть власть над людьми. Её злодеяния уничтожили много жизней – сказал Гомес.

—Но добро тоже могущественное. Его силы вернут мир и гармонию в это место. Верьте мне.

Мои слова не принесли желаемого эффекта. Тема беседы меняется, но я уже ничего не слышу. О чём думали эти люди? Бог ведь заботится о них. Если бы это было не так, я бы не поднялся на гору, не преодолел испытания, не вошёл в пещеру и не встретил хранителя. Все эти знаки свидетельствуют о том, что ситуацию можно изменить. Однако, они не знали об этом. Нужно терпение, чтобы войти к ним в доверие и узнать правду. Или, по крайней мере, найти к ней лазейку. Мы с Ренато опустошаем свои тарелки. Я поднялся из-за стола, извинился и пошёл спать. У меня много планов на следующий день.

Прогулка по деревне

Начинается новый день. Солнце уже высоко стоит в небе, поют птицы, и утренняя свежесть заполняет всю комнату в отеле. Я просыпаюсь в ужасном состоянии. Ренато уже проснулся. Я потягиваюсь, чищу зубы и принимаю душ. Пытаюсь сконцентрироваться на том, что услышал прошлым вечером. Неужели Мимозо управляет злая волшебница? На каких правах? Разгадка была слишком глубоко зарыта. Христианство пришло в Америку в шестнадцатом веке, и с тех пор стало важной силой, контролирующей весь континент. Тогда почему же здесь, в этой забытой деревне, правило зло? Мне нужно выяснить причины.

Я выхожу из комнаты и направляюсь на кухню, чтобы позавтракать. Стол накрыт, и я вижу несколько лакомств: маниоку, тапиоку и картошку. Я сам накладываю себе еду. Здесь я в самом деле чувствую себя как дома. Другие гости поступают также. Никто больше не затрагивает вчерашнюю тему. Кармен подходит и предлагает мне чашку чая. Я соглашаюсь. Чай хорошо влияет на сердце и повышает бодрость духа. Я завязываю разговор с Кармен.

—Можете ли Вы посоветовать кого-то, кому будет не в тягость погулять со мной по Мимозо в качестве сопровождающего? Я хочу провести несколько интервью.

—Это необязательно, дорогой. Мимозо всего лишь деревушка.

—Я боюсь, Вы не поняли меня. Я хочу найти кого-нибудь, кто хорошо знаком с местными людьми и кому я могу доверять.

—Ну, я не могу помочь тебе, потому что у меня много обязанностей. Все мои гости работают. У меня идея: разыщи Филипе, сына владельца склада. У него есть свободное время.

—Спасибо за совет. Я знаю, где находится склад. Я позову Ренато, и мы пойдём вместе.

—Отлично. Я желаю вам удачи.

Я захожу за Ренато, который до сих пор не вышел из номера. После того, как он позавтракает, мы можем идти. Смогу ли я узнать информацию о Мимозо? Очень хотелось бы. Ренато доедает завтрак, мы прощаемся с Кармен и выходим. Площадь, примыкающая к отелю, забита взрослыми и детьми. Подростки общаются, а ребятишки просто резвятся. Я наблюдаю за этим весельем, проходя мимо. Я поворачиваю за угол и быстро нахожу склад. Он находится в центре города. Я вижу мужчину пятидесяти лет и подзываю его к себе.

—Чем я могу помочь?

—Я ищу Филипе. Вы не знаете, где он?

—Филипе мой сын. Один момент, я позову его. Он сейчас на складе.

Мужчина уходит и вскоре возвращается в компании тощего рыжеволосого паренька лет семнадцати.

—Я Филипе. Вы что-то хотели?

—Кармен порекомендовала мне тебя в качестве сопровождающего по деревне. Мне нужно провести несколько интервью. Меня зовут Алдивен, приятно познакомиться.

—Не вопрос, я помогу тебе. Сейчас я как раз свободен. По соседству находится аптека. Мы можем начать с неё. Её владелец отлично знает деревню, поскольку живёт здесь с самого основания.

—Отлично. Пойдём.

С Ренато и Филипе мы идём в аптеку, где состоится моё первое интервью. Меня немного беспокоит тот факт, что я ненастоящий журналист. Но, надеюсь, всё получится. В конце концов, я поднялся на гору, преодолел три испытания и вошёл в пещеру. С простым интервью я справлюсь. В аптеке действия разворачиваются быстро. Филипе представляет нас с Ренато владельцу. Я прошу разрешения взять интервью, и он соглашается. Мы находим более подходящую обстановку, где можно спокойно поговорить наедине. Интервью я начинаю немного застенчиво.

—Правда ли то, что Вы являетесь одним из самых старых жильцов и входите в число основателей этой деревни?

—Это правда. И, пожалуйста, не называй меня Сэр. Меня зовут Фабио. Деревня Мимозо ведёт своё развитие с начала внедрения железнодорожного отдела. В 1909 году поезда с Большого Запада принесли сюда прогресс и современные технологии. Британские инженеры Каландер, Толестер и Томсон спроектировали железную дорогу и построили станцию. С тех пор Мимозо начала развиваться. С появлением торговли Мимозо стала одним из самых больших складов в регионе после Карабиеса. Мимозо выросла, и вот я здесь.

—Жизнь здесь всегда была гладкой и безоблачной, или же имели место быть какие-то трагические события?

—Да, жизнь была славной. Но год назад всё изменилось. Сейчас люди опечалены и потеряли надежду. Мы живём в условиях диктатуры. Налоги слишком высоки, нам не положено иметь своё мнение и оказывать сопротивление. Религия для нас стала синонимом угнетения. Наши Боги жестоки. Они хотят крови и мести. Мы потеряли связь с нашим Единым Богом Творцом.

—Расскажите мне о том, что случилось год назад.

—Я не хочу и не могу говорить об этой трагедии. Это очень болезненно.

—Пожалуйста, мне нужна информация.

—Нет. Если я расскажу Вам, то могу навлечь беду на свою семью. Духи всё слышат и докладывают Клемильде. Я не могу так рисковать.

Я настаиваю снова и снова, но мужчина непреклонен. Страх сделал его трусливым и мелочным. Он уходит, не сказав ни слова. Я остаюсь наедине со своим беспокойством и бесконечными вопросами. Почему они так бояться этой волшебницы? О какой трагедии он говорил? Для дальнейших действий мне необходима эта информация. Я провидец, но это нисколько не помогает в выяснении хода вещей. Если Клемильда владеет тёмными силами, то её можно назвать сильным противником. Тёмная магия способна уничтожить даже самого сильного человека. Столкновение "противостоящих сил" может разрушить целую Вселенную, но я стараюсь не думать об этом. Сейчас нужно действовать. Ясно то, что сейчас баланс "противостоящих сило" нарушен, и мне нужно возобновить его. Но для этого необходимо пролить свет на историю Мимозо. С этими мыслями я покидаю аптеку. Я нахожу Ренато и Филипе, и мы отправляемся в поисках других интервью. Я надеюсь на успех.

Интервью не принесли желаемого успеха, и я чувствовал себя полностью разочарованным. Я не получил необходимой информации. Что я за журналист такой? Нужно было пройти какие-то курсы журналистики. Все жители, у которых я брал интервью (пекарь и кузнец), отвечали одинаково. Ренато и Филипе пытались утешить меня, но я не мог прекратить себя корить. Я нахожусь в деревне, далёкой от цивилизации. И я чувствую себя потерянным. Я знаю только то, что Мимозо управляет злая волшебница. Крик, услышанный мною в пещере отчаяния, до сих пор не выходит из головы. Кому так сильно понадобилась моя помощь? Я сосредоточился на этом крике, и, с помощью силы, перенёсся в Мимозо через временной портал. Цель этой поездки пока неизвестна. Хранитель говорила о воссоединении "противостоящих сил", но я не имел ни малейшего представления, как это сделать. К тому же, я знал, что до сих пор не умею контролировать свои собственные "противостоящие силы", и это огорчало меня ещё больше. Но сейчас не время впадать в уныние. Ведь у меня в запасе ещё 28 дней на то, чтобы разрешить проблему. Ренато и Филипе были со мной, и, по дороге, мы узнали друг друга куда лучше. Они были очень хорошими людьми, благодаря которым я не чувствовал себя так одиноко в этом заколдованном месте.

Чёрный замок

Вот и настал трети день. События вчерашнего оставили не самые лучшие впечатления. После интервью я решил провести весь день в отеле, наедине с собой. Таков был мой план: разобраться в себе, чтобы потом принимать важные решения. Ренато до сих пор никак не помог мне. Я начинаю думать, что хранитель зря отправила его со мной. В конце концов, он всего лишь ребёнок и не обременён особыми обязательствами. Моя ситуация совершенно иная. Я молодой мужчина двадцати шести лет, административный помощник, со степенью по математике и множеством целей. У меня нету времени думать о любви или о себе, потому что у меня есть важная миссия, которую я никак не могу выполнить. Я уверен только в том, что поднялся на гору, преодолел три испытания, повстречал хранителя и победил пещеру. Я стал Провидцем, но на этом мои испытания не окончились. Ну что ж, настал новый день с новыми надеждами. Я встаю с кровати, принимаю душ, ем завтрак, чищу зубы и прощаюсь с Кармен. Предыдущий день оставил мне лишь одну надежду: узнать поближе своих врагов и выведать у них информацию. Таково моё единственное решение.

Я выхожу на улицу и вижу игровую площадку со скамейками. Всё здесь выглядит вполне нормальным, как в нормальном обществе. Они привыкли. Люди могут привыкнуть к чему угодно, даже к погибели. Я продолжаю идти. Я поворачиваю за угол и встречаю там нескольких людей. Я полон решимости. Испытания в пещере помогли избавиться от страха. Я нашёл три двери, которые олицетворяли счастье, страх и неудачу. Я выбрал счастье, отбросив все остальные варианты. Я был готов к новым испытаниям. Я поворачиваю за угол и прихожу в западную часть деревни. Моему взору представляется огромный замок. Это внушительных размеров здание, состоящие из двух главных башен и одной дополнительной. Замок сделан из чёрной кирпичной кладки. Дурной вкус, типичный для злодеев. Сердцебиение ускоряется, шаги тоже. Будущее Мимозо зависит от моих решений. На кону были невинные жизни, и я не мог допустить несправедливости. Я хлопаю в ладони, чтобы привлечь внимание жильцов замка. Крепкого телосложения парень, высокий и смуглый, выходит из дома.

—Что тебе нужно?

—Я хочу увидеть Клемильду.

—Она занята. Приходи в другое время.

—Подожди. Это важно. Я репортёр Daily Journal, и я пришёл, чтобы сделать репортаж о ней. Дай мне несколько минут.

—Репортёры? Я думаю, ей понравится это. Я сообщу о твоём прибытии.

—В этом нет необходимости. Позволь мне пойти с тобой.

Парень соглашается, и я делаю несколько шагов в сторону входной двери. По телу пробегает дрожь, а настойчивые голоса твердят мне не входить. Мимо проходит кошка, сверкая заточенными коготками. Я молюсь Богу, чтобы он помог мне противостоять этой опасности. Я вхожу в дом в сопровождении парня. За входной дверью находится большое фойе, наполненное цветами и жизнью. С правой стороны есть доступ к трём комнатам. В центре фойе висят картины с изображениями святых с рогами, черепами и другие греховные штуки. С левой стороны висят ещё более странные изображения. Обстановка просто ужасающая. Такая ужасающая, что я даже не могу вполне её описать. В этом месте скопилось много злых сил. От одной мысли о том, что здесь нарушен баланс "противостоящих сил" у меня кружится голова. Парень останавливается перед одним из апартаментов и стучит в дверь. Она открывается. Всё в дыму. В проходе появляется толстая чёрная женщина с массивными чертами. На вид ей лет сорок.

—Чем я обязана чести видеть Провидца у себя в гостях?

Она жестом приказывает парню исчезнуть. Я озадачен её поведением. Как она узнала, кто я такой? Вдруг она знает о горе и пещере? Какими силами обладает эта женщина? Эти и много других вопросов проносились в моей голове.

—Я вижу, ты меня знаешь. Тогда ты должна знать и причину моего визита. Мне нужна информация о трагедии и о том, как ты получила власть над таким мирным местом.

—Трагедия? Какая трагедия? Здесь ничего не произошло. Я всего лишь немного преобразила здесь всё. Люди с их напускным счастьем...они меня раздражали, поэтому я решила немного поэкспериментировать. Твои силы ничто, по сравнению с моими.

—Каждый злодей самодовольный и гордый. Мы оба знаем, что так дальше так продолжаться не может. "Противостоящие силы" должны сохранять равновесие во всей Вселенной. Добро и зло не могут противостоять, потому что это может привести к исчезновению Вселенной.

—Мне плевать на Вселенную и людей! Они всего лишь насекомые. Мимозо находится в моих владениях, и ты должен уважать меня. А не подчинишься - тебе же хуже. Всего одно моё слово майору, и ты будешь арестован.

—Ты запугиваешь меня? Я не боюсь. Я Провидец, который поднялся на гору, преодолел три испытания и победил пещеру.

—Убирайся отсюда, прежде чем я сварю тебя в моём котле. Я устала и меня тошнит от твоей добродетели.

—Я уйду, но мы вскоре встретимся снова. Добро всегда побеждает зло.

Быстрыми шагами я направляюсь к двери. Клемильда отпускает мне в след шуточки. Она действительно жестока. Я не нашёл ответов на вопросы и по-прежнему не вижу целей или знаков. Встреча с Клемильдой не оправдала ожидания.

Руины часовни

Я покидаю замок и решаю пройтись ещё, чтобы ближе рассмотреть деревушку с её жителями. По пути в восточную часть города я встречаю несколько людей и пытаюсь завязать разговор. Но они избегают меня. Их недоверие ко мне, как к незнакомому репортёру, можно понять. Но они не знают моих истинных намерений. Я хочу спасти Мимозо, найти нужного человека и воссоединить "противостоящие силы", как просила меня хранитель. Но для этого нужно узнать историю города и сблизиться с врагами. Мне нужно как можно быстрее выяснить всё это, пока не вышел срок. Восхождение на вершину, преодоление испытаний и победа над пещерой были теми элементами, которые научили меня лучше понимать жизнь. Сейчас самое время применить полученные знания. Я поворачиваю за угол и, пройдя всего несколько шагов, натыкаюсь на кучу мусору. Местным жителям явно не хватает организованности. Мусор вот так просто лежит на улице и служит рассадником различных заболеваний, которые могут переноситься людям через контакт с кошками и насекомыми. Это очень вредно. Я подхожу ближе, чтобы понять охваты загрязнения этого места. Подождите. Что-то не так с этим мусором. Среди груды хлама я вижу большое деревянное распятие, похожее на те, что обычно находятся в часовнях. Я приближаюсь ещё ближе и вижу точно: это распятие. Прикасаясь к нему, я ощущаю волну жара по всему телу и вижу видение. Кровь, страдания и боль. На мгновение мне кажется, что я вижу прошлое. Я убираю руку с распятия. Я ещё не готов. Мне нужно время, чтобы переварить всё то, что я увидел за три секунды. Крест каким-то образом восстановил мои силы и помог мне лучше чувствовать своих врагов.

Приказ

Визит к злой тёмной волшебнице Клемильде не принёс желаемых результатов. Ей нельзя противоречить. Её власть над Мимозо полностью безгранична. Однако, она не знает о той мощной доброй силе, которая отправила меня назад в прошлое. Сразу же после моего ухода из замка, она позвала своих лакеев, Тотоньё и Клейди, чтобы те помогли ей наладить контакт с оккультными силами. Они вошли в зал через левый отсек. В руках один из них держал маленькую свинью. Она будет жертвой в этом ритуале. Ведьма взяла книгу и начала читать сатанические молитвы на неизвестном языке, в то время как её слуги приносили в жертву бедное животное. Дорожка крови заполнила отсек, и тёмные силы начали концентрироваться. Естественное освещение погасло, волшебница начала страшно кричать. За короткое время темнота поглотила всё помещение. В зеркале появился портал между двумя мирами. Клемильда выразила почтение своему Господину и начала к нему обращаться. Она единственная, кто мог это делать. Грешный оракул и её рецептор на какое-то время полностью соединились. Другие же просто наблюдали за этим действием. После окончания церемонии темнота ушла, а свет занял своё место. Клемильда пришла в себя, затем позвала своих помощников и сказала:

—Сообщите населению следующий приказ: тот, кто расскажет мужчине с именем Провидец какую-либо информацию, будь то мужчина или женщина, будет жестоко наказан. Его или её смерть будет трагична и помечена тьмой. Это приказ Королевы Клемильды, повелительницы Мимозо.

Слуги Клемильды поспешили распространить приказ среди жителей деревни, соседних населённых пунктов и сельскохозяйственных угодий.

Собрание жителей

Новый приказ Клемильды сделал жителей деревни ещё более скрытными. Владелец аптеки Фабио вместе с президентом ассоциации домовладельцев назначили срочное собрание авторитетных жителей деревни. Собрание было назначено на 10 часов утра в здании ассоциации в центре. Они будут совещаться по поводу меня.

В назначенное время главный холл здания уже был набит битком. Здесь были Майор Квинчино, делегат Помпеу, Осмар (фермер), Шеко (хозяин склада) и Отавио (владелец сельского магазина) и многие другие. Президент Фабио начал собрание:

—Что ж, друзья, как вы уже знаете, вчера, после обеда, Клемильда выдала новый приказ. Нам запрещено сообщать какую-либо информацию так называемому "Провидцу", который остановился в отеле. Как я понимаю, этот человек очень опасен, и мы должны держаться от него на расстоянии. Он пытался выпытать информацию у меня, но у него ничего не вышло. Он хочет знать всё о трагедии.

—Провидец? Никогда не слышал о этом человеке. Откуда он пришёл? Кто он? Что он хочет от нашей маленькой деревушки? (Спросил майор)

—Всё просто, Майор. Мы пока сами этого не знаем. Единственное, что мы знаем о нём, так это то, что он очень загадочный и прибыл издалека. Нам нужно решить, что с ним делать.

—Подождите, господа. Насколько я понимаю, он не имеет отношения к криминалу. Мой сын Филипе сопровождал его в прогулке по городу и сказал, что этот человек добрый и честный. (Шеко)

—Внешность может быть обманчива, сын. Если Клемильда выдала такой приказ, значит, он опасен для нас. Нам нужно прогнать его как можно скорее. (Отавио)

—Я всегда к вашим услугам. (Помпеу, делегат)

По залу проходит волна возмущения. Некоторые люди протестуют. Помпеу поднимается, советуется с майором и оглашает:

—Давайте арестуем этого мужчину. В тюрьме мы зададим ему все интересующие нас вопросы.

Группа принимает решение арестовать меня. Неужели я похож на преступника?

Решающий разговор

Я покинул руины часовни и направился в сторону отеля. Шестое чувство подсказывало мне, что я в опасности. С тех пор как я здесь, в Мимозо, оно часто предупреждало меня. Деревню, которой управляет злая волшебница, нельзя назвать хорошим местом для отдыха. Однако, я должен выполнить обещание, данное мною хранителю. Чтобы воссоединить "противостоящие силы" и помощь владельцу крика из пещеры отчаяния. Я не мог сдаться. Я ускоряю шаг и вскоре прихожу в отель. Я открываю дверь, прохожу на кухню и нахожу Кармен. Она моя последняя надежда. Я набрался мужества и рассчитывал на её доброту и желание помощь мне:

—Миссис Кармен, мне нужно поговорить с Вами, мэм.

—О чём, Алдивен?

—Я хочу знать всё о трагедии и истории Мимозо.

—Сынок, я не могу. Разве ты не слышал? Клемильда грозится убить любого, кто выдаст тебе информацию.

—Я знаю. Она змея. Но если Вы не поможете мне, Мимозо будет постепенно упадать и вскоре вымрет.

—Я не верю в это. То, что мертво, умереть не может. Такой урок я усвоила с тех пор, как начала править Клемильда.

Молчание продолжалось в течении нескольких минут, и я понял, что если не расскажу всю правду, то никогда не получу ответов. Мои враги уже готовятся напасть.

—Кармен, слушайте внимательно то, что я сейчас скажу. Я никакой не журналист и не репортёр. На самом деле, я путешественник во времени. Моя миссия – восстановить баланс, в котором так нуждается Мимозо. До того, как я прибыл сюда, я взобрался на гору Ороруба, преодолел три испытания, нашёл молодого человека, хранителя, призрака и Ренато. Преодолев испытания, я получил право войти в пещеру отчаяния, которая воплощает мечты в реальность. В пещере я избежал многих ловушек и прошёл уровни, которые ещё не удалось пройти никому из живущих. Пещера сделала меня Провидцем и наградила даром перемещаться во времени и пространстве. Мои новые силы помогли мне отправиться назад во времени и оказаться здесь. Я хочу воссоединить "противостоящие силы"; найти того, кого пока ещё не знаю; и победить тиранию злой ведьмы. Для этого мне нужно знать всё, о чём Вы способны рассказать. Вы хороший человек и, как все здесь, заслуживаете право быть свободной. Ведь такими нас сотворил Бог.

Кармен взволновано сидела на стуле. По её лицу обильно стекали слёзы. От гримасы страдания она стала выглядеть старше. Я взял её за руку, и, на одно мгновение, наши взгляды встретились. На долю секунды я узнал в Кармен свою собственную мать. Она встала и жестом показала мне следовать за ней. Мы остановились перед дверью.

—Ты найдёшь ответы, в которых так нуждаешься, прямо здесь, в этом депозитарии. Всё, что я могу сделать для тебя, это указать путь. Удачи!

Я благодарю её и благословляю. Кармен улыбается. Я вхожу в комнату и натыкаюсь на большое количество газет. Но где же то, что я ищу?

Видение

Я присаживаюсь на единственный свободный стул, разлаживаю газеты на маленьком столике и начинаю просматривать их. Все издания датированы 1909-1910 годами. Я читаю только заголовки, но ни один из них пока что мне не подходит. Некоторые посвящены Пескейре и другим муниципалитетам, но все вопросы связаны со здоровьем, образованием и политикой. Я ищу сообщения о трагедии, которая пошатнула эту маленькую деревню и сделала местом скопления тьмы. Я продолжаю листать страницы и настраиваюсь на утомительную и рутинную работу. Почему Кармен не указала мне, где искать? Разве я не вызываю доверия? Так было бы гораздо проще. Я снова вспоминаю гору, испытания и пещеру. Простой путь не всегда самый лёгкий, ясный и очевидный. Я начинаю это понимать. В конце концов, её контролирует мерзкая, жестокая и высокомерная ведьма. Она указала мне путь, как и обещала, и я думаю, что мне хватит этого, чтобы добиться своего и стать счастливым. Я продолжаю рыться в газетах и нахожу пачку изданий 1910 года. Насколько я помню, по словам Фабио, в этом году и произошла трагедия. Я начинаю читать заголовки и статьи. Мне нужно проверить все совпадения.

После часа чтения и просматривания газет я не нашёл ничего, что могло бы привлечь моё внимание. Я находил лишь сельские новости с сообщениями о различных секциях. Я надеялся, что смогу найти ответы на вопросы именно в этой пачке с газетами за 1910 год. Подождите. Если эта трагедия в самом деле произошла, то газета с новостью должна лежать отдельно из-за своей важности. Один за одним, я открываю ящички в шкафу, что стоит возле стола, и нахожу разные газеты с разными датами. Одна поражает меня. Она датирована 10-м января 1910 года и имеет следующий заголовок: Кристина, Юный Монстр. Думаю я нашёл то, что искал. Когда я прикасаюсь к бумаге, внезапно вздымается холодный ветер, моё сердцебиение ускоряется и видение показывает мне историю Мимозо.

Начало

С началом двадцатого века на землях, расположенных к западу от Пескейра, появляются первопроходцы. Первыми, кто прибыл сюда, был Майор Квинчино и его друг Осмар, оба с Штата Алагоас. Они присвоили земли, которые до этого были собственностью туземцев. Они унижали, убивали и выгоняли туземцев. Но друзья решили пока не переезжать сюда на постоянное место жительства, поскольку здесь ещё не было подходящей структуры.

Вскоре сюда прибыли другие люди. Они очистили это место, чтобы здесь мог поселиться майор. Земля была подарена и первые дома построены. Так возникло поселение. Посёлок привлёк несколько продавцов с региона, которые были заинтересованы в расширении бизнеса. Открылись склад, газовая станция, продуктовый магазин, аптека, отель и сельский магазин. Для интеллектуальной базы населения была построена школа. Тогда местность Мимозо перешла в статус деревни под руководством Пескейры.

Железная дорога

С 1909 года в Мимозо начали прибывать поезда с Большого Запада. Именно они принесли технологический прогресс в это мирное место. Британские инженеры Каландер, Толестер и Томсен были ответственны за разработку железнодорожных путей и постройку станций. Европейское влияние также просматривается в кирпичной кладке некоторых зданий и в городских районах Мимозо.

С появлением железных дорог, Мимозо (название происходит от травы Мимозо, очень популярной в этих местах) стала центром коммерческой важности и обрела политическую значимость. Благодаря своему выгодному расположению (граница внутреннего района страны с дикой местностью), деревня была консолидирована в качестве точки прибытия и отправления товаров из многих муниципалитетов Пернамбуку, Параиба и Алагоас. В дополнении к железной дороге, грязная дорога, соединяющая Ресифи и дикую местность, проходила именно через центр деревни и стала важным двигателем прогресса в Мимозо.

Население Мимозо было сформировано из потомков семей лузитанского происхождения. Меньшую часть составляли потомки индийского и африканского происхождения. Люди в Мимозо всегда были дружелюбными и открытыми.

Движение

С появлением железных дорог и последующим прогрессом в Мимозо, первопроходцы этих земель (фермеры Майор Квинчино и Осмар) решили поселиться здесь вместе со своими семьями.

Это было 10 февраля 1909 года. Погода была чудесной, дул северо-восточный ветер и жизнь в Мимозо протекала спокойно. На горизонте появился поезд под руководством инженера Роберто, который привёз новых жителей с Ресифи: майора Квинчино, его жену Хелен, их единственную дочь Кристину и служанку по имени Геруса — чёрную женщину из Баии. В пассажирском отделении поезда Кристина умирала от беспокойства и нетерпения.

—Мама, вот, кажется, мы и приехали. Каким будет Мимозо? Она понравится мне?

—Успокойся, дитя. Не тревожься так. Скоро ты сама узнаешь. Самое главное, что здесь мы всей семьёй. Наконец-то мы осядем на одном месте и заведём друзей.

Майор наблюдает за ними и вскоре сам присоединяется к беседе.

—Тебе не нужно волноваться. Ты не будешь ни в чём нуждаться. Я построил прекрасный дом на одной из моих земель. Он находится рядом с деревней. Запомни: ты можешь общаться с людьми нашего социального уровня, но я не хочу, чтобы ты контактировала с грязными и бедными.

—Что за предубеждения, папа! За три года, проведённых в женском монастыре, я научилась уважать каждое человеческое существо, независимо от социального класса, этнической или расовой принадлежности, верований или религии. Мы это то, что есть в наших сердцах.

—Эти монашки не знают реальности, потому что живут взаперти. Мне не нужно было разрешать тебе учиться там. Ты приехала с какой-то чепухой в голове. Не буду больше прислушиваться к тому, что советует твоя мать.

—Я всегда мечтала, чтобы она стала монахиней. Кристина была для меня Божьим даром. Я научила её всем заповедям религии, которые знала. Когда ей исполнилось пятнадцать, я отправила её в женский монастырь, потому что была уверена, что это её призвание. Однако, спустя три года, она сдалась. Это до сих пор ранит меня. Она принесла мне одно из самых больших разочарований в жизни.

—Это была твоя мечта, Мама, но не моя. Есть бесконечное количество способов служить Богу. Совсем необязательно быть монахиней, чтобы понимать Его и его Волю.

—Конечно нет! Я собираюсь организовать для неё большую свадьбу. У меня уже есть несколько идей. Но сейчас не время их оглашать.

Поезд свистит, сообщая о прибытии. Появляется деревня; через окно Кристина уже видит её сельскую местность. Её сердце сжимается, и она чувствует дрожь по всему телу. Столько сомнений и предчувствий. Что ожидает её в Мимозо? Оставайся с нами, читатель.

Кристина и Хелен, в своих юбках из кринолина, выталкиваются из входной двери поезда. Майору не нравится это. Это вызывает искру любопытства у местных жителей. Семья ведёт себя элегантно и с роскошью. Майор учтиво приветствует Риванио. А сейчас они отправятся в их дом, который находится в северной части деревни.

Прибытие в новый дом

Кристина, Майор, Хелен и Геруса прибывают в новый дом. Это кирпичное миномётное здание, коттеджного стиля, размером в 1600 квадратных футов, окружённое садом с фруктовыми деревьями. Внутри дома две гостиные, четыре спальни, кухня, прачечная и ванная комната. Снаружи дома находится домик для горничной с комнатой и ванной. Они вчетвером идут в тишине, пока майор не решает заговорить.

—Что ж, это дом, который я построил четыре месяца назад. Я надеюсь, вам понравится. Внутри он просторный и уютный.

—Выглядит чудесно. Я думаю, мы будем счастливы здесь. (Хелен)

—Я тоже надеюсь на это, несмотря на дурное предчувствие. (Кристина)

—Предчувствия — это чепуха. Ты будешь счастлива, дочка. Это отличное место и люди здесь гостеприимны. (Майор)

Четверо входят в дом. Они распаковывают чемоданы и восстанавливают силы с дороги. Путешествие было долгим и утомительным. Завтра они полностью изучат это место.

Встреча с мэром

Настаёт новый день, и Мимозо превращается в настоящую сельскую окрестность. Фермеры и торговые чиновники выходят из своих домов, чтобы начать трудиться. Матери ведут в школу детей. Ослы как обычно перевозят на себе ноши и людей. Тем временем, в прекрасном коттедже майора, который собирается на встречу с мэром в Пескейре, Хелен мягко оглаживает его жакет.

—Эта встреча очень важна для меня, жена. Там будут очень важные землевладельцы. Например, Полковник Карабиса. Мне нужно утвердить своё место в Мимозо.

—Всё пройдёт отлично, ведь у тебя одного здесь есть чин Майора Национальной Гвардии. Всё-таки хорошо, что ты купил эту должность.

—Конечно, хорошо. Я человек дальновидный, со своей стратегией. С тех пор, как я уехал с Алагоаса и переехал сюда, на моём счету только победы.

—Не забудь попросить о должности для нашей Кристины. Она практически ничего не сделала. Образования, которое она получила, достаточно для выполнения любых обязанностей.

—Тебе не стоит волноваться. Я знаю, как убедить его. Наша дочь умница и достойна лучшей работы. Ну, я должен идти. Не хочу опоздать на собрание.

Поцеловав на прощание жену, майор уходит. Его мысли сконцентрированы на аргументах, которые он выскажет на слушании. Он думает о власти, процветании и социальной стабильности. Всё это стало доступно с приобретением чина майора. Но он мечтает о большем. Он мечтает стать другом губернатора и, таким образом, получить больше привилегий. В целом, самыми важными вещами для него были власть, и, безусловно, будущее его дочери. Другие были лишь пешками в его игре. Он ускоряется, ведь через пять минут отходит поезд в Пескейру. По дороге, всего на мгновение он обращает внимание на бедных людей. Он сочувствует им и поворачивает лицо в другую сторону. Майор не может мешаться со всеми. Исключение составляет время выборов. Когда оно заканчивается, бедные теряют свою ценность, и майору снова становится плевать на их нужды и требования. Бедные, которые находятся под контролем Колонелс, необразованные и отсталые. Майор продолжает идти и приближается к вокзалу. Он покупает билет и садится на поезд.

Майор находит лучшее место в вагоне и начинает вспоминать своё детство. Он был бедным мальчиком из пригорода Масейо, который подработал продавцом конфет. Он помнит все унижения и наказания отца и драки со старшими братьями. Майор хотел бы забыть эти времена, но память упорно отказывалась прекращать напоминать ему об этом. Самым ярким воспоминанием была драка с мачехой, когда он пырнул её ножом, чтобы убить. Кровь, крики, слёзы и побег из дома. Он становится нищим и сближается с алкоголем, наркотиками и преступностью. Пять лет он утопает в этом мире пока, в один прекрасный день, не появляется благочестивая женщина, которая принимает и усыновляет его. Он вырастает, становится мужчиной и женится на Хелен. Спустя время, у них появляется единственная дочь, Кристина. Они переезжают в Ресифи. Он покупает чин Майора Национальной Гвардии и путешествует в поисках земли. Вскоре в его власти оказывается всё с западной стороны от Пескейры. Он приумножает земли и становится очень влиятельным человеком, которого знают и уважают. Он чувствует себя великим. Жизнь научила его быть сильным, расчётливым и властным мужчиной. И он будет использовать эти качества, чтобы достичь любых целей. Майор замечает женщину с ребёнком на руках, сидящую рядом. Он вспоминает маленькую Кристину, её милость и невинность. Также он помнит тряпичную куклу, которую вручил ей в качестве подарка на День Рождения. Тогда она обняла его и назвала дорогим отцом. Он расчувствовался, слёзы подкатили к глазам, но плакать в общественном месте было нельзя. Сейчас его Кристина стала умной и привлекательной молодой леди. Он должен организовать для неё красивую свадьбу и выполнить отцовскую обязанность. Думая об этом, майор задремал. Поезд качнулся; майор просыпается и достаёт карманные часы, чтобы проверить время. Время собрания приближается и поезд тоже набирает скорость; при виде Пескейры его сердце успокаивается. Все мысли концентрируются на собрании, и он думает о встрече со своими друзьями фермерами. Поезд сигналом сообщает об остановке, и майор встаёт, чтобы направиться к выходу. Жизнь требует жертв, и он лучше, чем кто-либо, знает это. Детский и жизненный опыт научили майора многому. Поезд, наконец, останавливается, и он спешит вниз, в направлении политической штаб-квартиры города.

В 8:00 утра гигантское здание штаб-квартиры уже полностью заполнено. Майор входит, здоровается со знакомыми людьми и присаживается на одно из передних сидений, предназначенное именно для него. Собрание ещё не началось. По всему генеральному штабу раздаётся громкий шум. Кто-то жалуется на задержки, кто-то на родственников, которые совсем не вписываются в мэрию. Менеджер здания тщетно пытается контролировать ситуацию. Наконец, входит секретарь мэра, просит тишины, и все замолкают. Он объявляет:
—Его Превосходительство, Мэр Орасио Барбоса, сейчас будет к вам обращаться.
Входит мэр. Он поправляет костюм и подготавливается к речи.
—Доброе утро, мои дорогие соотечественники. Мне очень приятно видеть вас в этом здании, олицетворяющем власть и силу нашего муниципалитета. С большой радостью я созвал вас всех сегодня, чтобы поговорить немного о нашем городе, а также о расширении прав и возможностей политических представителей Мимозо и Карабиса. Наш муниципалитет повысил уровень коммерческих и сельскохозяйственных секторов. На границе дикой местности с внутренним районом страны, деревня Мимозо выступает основным торговым постом. Сегодня у нас присутствует политический представитель Мимозо, Майор Квинчино. Во внутреннем районе страны

находится Карабис. Благодаря фермерской промышленности, Карабис внёс положительный вклад в развитие города. Полковник Карабиса, Господин Соарес, тоже здесь. После появления железной дороги, туризм в нашем городе также начал развиваться. Как вы можете видеть, наш муниципалитет растёт…… И, наконец, я хочу представить вам Господина Соареса и Господина Квинчино. Поаплодируем им.

Зал встаёт и аплодирует обоим.

—Используя уполномочия мэра, я объявляю вас командирами ваших населённых пунктов. В ваши обязанности входит железным кулаком отстаивать права вашего общества, контролировать сбор налогов и поддерживать законность и справедливость условий жизни населения. Я обещаю помогать вам во всех отношениях.

Мужчин награждают орденскими лентами. Все им аплодируют. Квинчино подаёт знак мэру, и они оба уходят с трибуны, чтобы поговорить с глазу на глаз. Они входят в служебную комнату.

—Что ж, Ваше Превосходительство, я попросил уделить мне минутку Вашего времени, потому что у меня есть два вопроса, которые я очень хочу с Вами обсудить. Во-первых, я хочу поднять процент сбора налогов. Во-вторых, хочу попросить работу для моей дочери Кристины. Как Вы знаете, после появления железной дороги, Мимозо стал торговой точкой большой важности, что пропорционально увеличило прибыль префектуры. В связи с этим, я хочу усилить свою власть и, возможно, стать Вашим преемником. К тому же, я хочу хорошую высокооплачиваемую работу для своей дочери Кристины. В последнее время она...не знает, чем себя занять.

—Что касается прибыли, удовлетворение Вашей просьбы совершенно невозможно. У города много затрат, а моя администрация относится к этому лояльно и серьёзно. Лично я ничем не могу Вам помочь. Касаемо работы, кто знает, может быть Ваша дочь получит должность преподавателя.

—Как так? Ваша администрация лояльна и серьёзна? Да здесь же везде коррупция! Я надеюсь, Вы помните, что я поддерживал Вашу кандидатуру на позицию Губернатора и выделил большой процент голосов? Если Вы не дадите мне то, о чём я прошу, можете больше не рассчитывать на мою помощь.

Мэр сидел молча, раздумывая о своём офисе. Он посмотрел на Квинчино и сказал.

—Вы в самом деле ужасны. Я не хочу находится в числе Ваших врагов. Отлично. Я повышу Ваш процент и отдам должность сборщика налогов Вашей дочери. Идёт?

Лёгкая улыбка заиграла на лице Майора Квинчино. Он привёл достаточно аргументов, чтобы убедить мэра. Он вони и победитель.

—Очень хорошо. Я принимаю это предложение, Ваше Превосходительство.

Квинчино попрощался и вышел с комнаты. Собрание было отложено, и все покинули зал.

Собрание фермеров

После окончания слушания, главные "Джентльмены" города Пескейры нагрянули в ближайший бар. Среди них были Полковник Санхаро (Господин Гонкальвес), Полковник Карабиса (Господин Соарес) и Майор Мимозо (Господин Квинчино). Они мило обсуждали власть, силу и социальную устроенность.

—Постройка железной дороги была козырной картой правительства. Это помогло увеличить уровень производства и рынок сбыта. Уже сейчас Пескейру выдвигают на первый план на государственном уровне, а на его округи ссылаются в разных вопросах. Мимозо, например, стал очень важным коммерческим стратегическим объектом. Я уже вижу всю выгоду, которую извлеку из этой ситуации. Богатство, социальный престиж, политическая власть и неограниченное командование. Мои враги будут вести себя тише мыши, а даже если пикнут, то будут иметь дело с железом и огнём.

Моя команда уже готова к бунтовщикам. (Майор Квинчино)

—Что касается Карабиса, железная дорога никак не влияет на наше финансовое положение просто потому, что не проходит через наш район. Техники правительства пытались проложить железную дорогу прямо перед входом в деревню, но почва оказалась совсем неподходящей для строительства путей. Тем не менее, наш район является важным сельскохозяйственным узлом. Наши продукты экспортируются в соседние страны. Я Полковник, я владею деревней и именно меня они должны уважать. Моим врагам не суждено жить долго.

—Появление железной дороги благоприятно повлияло на Санхаро, но не стало единственным источником дохода. В деревне очень хорошо развито сельское хозяйство. Мы лидируем на государственном уровне. Наше молоко и мясо всегда первого класса. Это приносит нам хороший урожай, и, в последствии, доход. Со врагами я буду расправляться точно так же, как вы. Мы должны сохранить власть Системы Управления.

—Вы правы. Эта система должна удовлетворять все наши потребности. Такелаж голосов, мошенничество, привилегии...всё это приносит нам пользу. Только пытками, давлением и запугиваниями мы можем укрепить нашу силу. В этом вся Бразилия: большая система власти, где выживают только сильнейшие. На юго-востоке, где правят богатые кофейные магнаты, и в северо-восточных регионах, подконтрольных Полковникам, система власти совершенно одинаковая. Разные только имена и ситуации. Мы должны удерживать людей в тишине и неведении, ведь это лучше для наших целей и амбиций. (Майор)

—Я полностью согласен. Для того, чтобы держать людей в узде, необходимо поддерживать репутацию жестокости, угнетения и авторитаризма. Люди должны бояться нас. В противном случае, мы потеряем уважение и привилегии. Мир очень несправедлив, но мы должны быть той маленькой частью населения, которая всегда побеждает. Чтобы выиграть, нужно уничтожить, изувечить и унизить все заповеди и ценности. Это мы и будем делать. (Полковник Карабиса)

Дальше разговор переключается на женщин, хобби и другие вещи. Они проводят три часа за беседой. Майор Квинчино поднимается, прощается со всеми и уходит. Поезд Пескейра – Мимозо скоро отправляется.

Домой

Майор возвращается на вокзал в Пескейре, где поезд уже ждёт момента отправки. Он покупает билет, оставляет чаевые работникам и направляется в сторону поезда. Он садится, жалуется на долгое обслуживание кондуктора, и, наконец, находит место чтобы сесть. Поезд сигнализирует об отправке. Майор сосредотачивается на своих планах. Он видит себя Мэром Пескейры, правой рукой губернатора и дедушкой пяти внуков. Отца детей Кристины он выберет сам. Поезд трогается с места, и майор погрязает в мечтаниях.

Поезд ритмично постукивает. Пассажиры устроены спокойно и комфортно. Проводник предлагает соки и закуски. Майор берёт закуску, и, пережёвывая её, представляет сладость вкуса победы и успеха. Утром он ушёл на собрание, а сейчас возвращается оттуда с исполнившимися планами. Он добился поднятия процента на налоги и отличной работы для своей дочери. Зачем хотеть большего? Майор твёрдо стоял на ногах, был счастлив в браке и имел прекрасную дочь. Купленный чин Майора предоставлял уполномочия политически руководить Мимозо. Но он был бы намного счастливее, если бы стал Полковником, правой рукой Губернатора и выдал свою дочь за идеального зятя. Это, безусловно, произойдёт. Спустя некоторое время поезд приближается к маленькому городку Мимозо. Майор безумно хочет сообщить отличные новости двум главным женщинам в его жизни. Его сердцебиение ускоряется, холодный ветер обдувает тело и, внезапно, поезд меняет свой темп. Он не придаёт этому значения. Вскоре ритм поезда приходит в норму, и майор успокаивается. Мимозо всё ближе и ближе. На мгновение, он задумывается о том, что мир был бы куда справедливее, если бы все были такими же победителями, как он. Он пытается отбросить эти мысли. Он с детства знает жизнь и знает, что она не может изменится в одну минуту. Он по-прежнему носит метки своих страданий: жестокость отца, драки со старшими братьями и убийство. Его мозг сохранял эти воспоминания нетронутыми. Если бы он мог, то отправил бы их прямиком в мусор. Поезд сигнализирует о прибытии. Пассажиры поправляют волосы и одежду. Поезд останавливается, и все, включая майора, выходят. Путешествие прошло легко. Он улыбается. Так и случилось: из Пескейры майор приехал победителем.

Сообщение новостей

Майор сходит с поезда, отправляется к вокзалу, здоровается с Риванио и осведомляется о его делах. Риванио отвечает, что всё в порядке, майор прощается с ним и идёт домой. По пути он встречает нескольких людей, которые говорят об образовании. Он ускоряет шаг и, спустя несколько минут, доходит до своего коттеджа. Он входит в дом без стука и приказывает Герусе позвать семью. Они приходят и начинают целовать и обнимать его. Майор говорит им присесть, и они незамедлительно повинуются.

—Я только что прибыл с собрания в Пескейре и принёс просто потрясающие новости. Во-первых, я буду получать больший процент от налогов. Во-вторых, я выбил должность сборщика налогов для своей любимой дочери Кристины. Что вы думаете?

—Лучше и быть не может. Я горжусь тем, что замужем за таким сильным мужчиной, как ты. Со временем мы станем ещё богаче и успешнее.

—Я рада за тебя, Папочка. Но ты не находишь работу сборщика налогов чересчур мужской для меня?

—Разве ты не счастлива, дочка? Это отличная работа с достойной оплатой. Я не думаю, что она мужская. Это должность для того, кому можно доверять. Никто лучше тебя не справится с этим.

—Конечно, это отличная должность. Как твоя мать, я одобряю её без отговорок.

—Хорошо. Вы убедили меня. Когда мне начать?

—Завтра. В твои обязанности входит контролировать и подгонять официального сборщика налогов, Клаудио, сына Пауло Перейра, владельца газовой станции. Он честный и ответственный, но, как говорится, до поры до времени.

—Я думаю, что для меня это отличная возможность встретить новых людей и завести друзей.

Майор уходит в ванную. Кристина возвращается к вязанию, которым занималась до прихода отца, а Хелен раздаёт приказания кухарке. Завтра дочь майора заступит на свою новую должность.

Первый день на работе

Начинается новый день. Солнце уже высоко стоит в синем небе, птицы поют свои песни и утренний воздух наполняет весь дом. Кристина только что проснулась после глубокого и восстанавливающего сна. Сон, приснившейся этой ночью, очень заинтриговал её. Ей приснился женский монастырь, в котором она пробыла три года. Монашки принимали участие в её свадьбе. Что это значило? В её планы не входило замужество. Она молода, свободна и полна мечтаний. Её чувство самосохранения негодует. Нет, она в самом деле ещё не готова к свадьбе. Она тихонько потягивается в постели и смотрит на часы. 6:30 утра. Она встаёт, зевает и идёт в ванную комнату. Она входит и включает кран. Холодная вода напоминает о монастыре. Она вспоминает садовника, который работал там, и его сына, которым была увлечена. Они начали отношения с совместных прогулок и, вскоре, она поняла, что влюблена. Пара продолжала встречаться, но, в один день, одна из монахинь увидела их целующимися. Мать Настоятельница собрала совещание, после чего чемоданы Кристины были упакованы, и сама она была исключена из монастыря. В тот день она почувствовала облегчение. Ведь она больше не врала самой себе. Связь с сыном садовника потеряна; она забывает его и возвращается домой. Отец с матерью удивились её прибытию домой. Она расстроила мать и обрадовала отца, который хотел видеть её замужем и с детьми. С тех пор она не влюблялась. Она научилась вязать и шить, чтобы коротать время. Сейчас, благодаря влиянию отца, она стала сборщиком налогов. Кристина очень тревожится и нервничает из-за своего первого рабочего дня. Она выключает холодную воду, намыливается и начинает представлять своего нового сотрудника, Клаудио. В её фантазиях это высокий и белокурый парень с татуировками. Ей нравится то, что рисует ей фантазия, и она продолжает мыться. Она выходит из ванной и тщательно вытирает себя полотенцем, будто стирая нечистоты с самой души. Она выключает кран и надевает два полотенца: большое полотенце для тела и маленькое для головы. Она выходит из ванной комнаты и идёт на кухню за завтраком. Она присаживается, отрезает кусок торта и приветствует родителей. Майор начинает разговор.

—Ты взволнована, дочка? Я надеюсь, тебе понравится твой первый рабочий день. Ты многому научишься у Клаудио. Он хороший сборщик налогов.

—Да, я взволнована. Я не могу дождаться, чтобы приступить к работе, потому что уже устала от вязания и шитья. Хоть эта работа и мужская, я думаю, что она поможет меня избавиться от скуки.

—Ну снова ты за своё. Неужели ты не видишь, что ранишь отца такими высказываниями? Он делает всё для тебя.

—Извините меня, вы оба. В некоторых вещах меня трудно переубедить.

Кристина заканчивает с завтраком, целует на прощание макушки родителей и направляется к двери. Она открывает её и идёт к газовой станции. По дороге Кристину начинают одолевать сомнения: а вдруг этот Клаудио будет вести себя с ней как пещерный человек? Будет ли он уважать её на работе? Она знала о нём только то, что он был сыном Перейра и имел двух сестёр: Фабиану и Патрицию. Она продолжает идти, но, чем ближе газовая станция, тем сильнее её одолевают волнение и нервозность. Девушка останавливается, чтобы перевести дух. Она ищет вдохновение во Вселенной, в природе и в своём собственном беспокойном сердце. Она вспоминает урок, которому её научили монахини с их особым способом видения жизни. Три года обучения духовным премудростями сейчас не имели никакого значения. Она собиралась встретить новых людей, начать новую карьеру, и, кто знает, вдруг это изменит её взгляды на жизнь и людей. Время покажет. Она продолжает идти. Новые силы внезапно наполняют её, дают новый толчок. Она должна быть сильной, как во время разговора с Матерью Настоятельницей, когда высказала всю правду о том, что была влюблена. Они собрали её чемоданы, выгнали из монастыря, но, вместе с тем, освободили от тяжёлого груза. Ради Мимозо она покинула столицу. Ради этого отдалённого местечка, в котором у неё пока не было ни друзей, ни уверенности. Она привыкнет к этому. Спустя несколько минут она подходит к газовой станции. Она уже в нескольких шагах от неё. Кристина поправляет свои волосы и одежду, чтобы произвести хорошее впечатление. Девушка делает глубокий вдох, входит и представляется.

—Я Кристина Матиас, дочь Майора Квинчино. Я ищу Клаудио, сборщика налогов. Он дома?

—Мой сын пошёл перекусить в соседнем ресторане. Я отправлю кого-нибудь за ним. Это мои дочери Фабиана и Патриция, а я Господин Перейра.

Кристина приветствует их поцелуями в щёки.

—Так это ты известная Кристина. Не могу поверить, что ещё не видела тебя. Ты проводишь слишком много времени дома, а это совсем нехорошо. Что ж, теперь мы можем дружить и проводить время вместе. (Фабиана)

—Я очень рада познакомиться с тобой. Мы будем самыми лучшими друзьями.

—Спасибо. Я тоже рада встрече. Я не слишком много гуляю, потому что родители постоянно меня контролируют. Они считают, что дочь майора должна вести себя сдержанно. С этим они перебарщивают.

—Ну, это скоро изменится. Считай, что ты в нашей банде. Мы самые сумасшедшие детки на районе. (Фабиана).

—У нас отличная банда. Тебе понравится с нами. (Патриция)

—Спасибо за приглашение быть частью вашей компании. Я думаю, что несколько знакомств мне не повредит.

Несколько минут они ведут милый живой разговор. Появляется Клаудио. Он подходит к Кристине, их взгляды встречаются и, на мгновение, кажется, что они остаются одни в целой Вселенной. Их сердцебиения учащаются. По телам обоих проходит тёплый импульс.

—Меня позвал сюда отец. Ты девушка, которая будет контролировать мою работу? Что ж, надеюсь, я не буду чувствовать себя слишком неловко.

Этот комплимент поразил Кристину. Она никогда не встречала таких прямолинейных мужчин.

—Меня зовут Кристина. Я дочь майора. Я твой новый партнёр по работе. Мы можем приступить? Я жду не дождусь.

—Да, конечно. Меня зовут Клаудио. Сейчас мы приступим к работе. Первое коммерческое учреждение, которое мы сегодня посетим, это мясная лавка. Владелец уже три месяца не оплачивал налоги, и сегодня мы его заставим. Я думаю, твоё присутствие нам в этом поможет

—Идём. Я была рада познакомиться с вами, Фабиана и Патриция. Мы ещё увидимся.

Они машут руками на прощание. Кристина и Клаудио вместе направляются к мясной лавке. Кристина винит себя за эти глупые мысли и за то, что постепенно начинает боготворить Клаудио. Он был не таким, каким она себе его представляла, но его образ почему-то сразу же запал ей в душу. Она ещё никогда не испытывала таких чувств. Что это? Что-то сильное и продолжительное...Они идут вместе бок о бок. Клаудио пытается завязать разговор.

—Кристина, расскажи мне немного о себе. Ты с Ресифи, правильно?

—Нет. Я жила в Ресифи десять лет. На самом деле, я с Алагоаны. Я провела там большую часть своего детства.

—У тебя когда-нибудь был парень?

—Был один, но это было давно. Я хотела стать монахиней. Три года своей жизни я провела в закрытом монастыре, пытаясь понять смысл своей жизни. Но когда поняла, что у меня нету призвания к монашеству, решила покинуть монастырь и вернулась к родителям.

—Со всем уважением, хочу сказать, что ты многое потеряла бы, став монахиней. Я не имею ничего против религии, но служение Богу требует слишком многого от человека.

—Это всё в прошлом. Сейчас я должна сфокусироваться на моей новой жизни и новых обязанностях.

Разговор прекращается. Двое продолжают идти молча. В центре деревни то и дело снуют люди. Железная дорога сделала Мимозо региональным коммерческим центром. Люди со всего региона приезжает сюда, чтобы скупиться в магазинах. Мясная лавка уже близко, а Кристина никак не может себя унять. Она не знает, как вести себя. Ведь она дочь майора. Она должна подавать пример для подражания. Работа сборщика налогов может многому подвергать. Наконец, они приходят. Клаудио обращается к Господину Хелио, владельцу магазина.

—Господин Хелио, мы пришли чтобы собрать Ваш трёхмесячный налог. Городу нужен Ваш вклад в образование, здоровье и медицину. Пожалуйста, исполните свою обязанность гражданина.

—Я разве не сказал вам, что разорился? Бизнес здесь не пошёл. Мне нужно продление долга.

—Я больше не приму никаких оправданий. Если Вы не заплатите, то не оберётесь проблем. Видите эту девушку? Она дочь майора. Она не довольна Вашим поведением. Самым лучшим для Вас, Сер, будет оплатить все долги.

На минуту Хелио задумался, что предпринять. Он взглянул на Кристину и убедился, что она в самом деле дочь майора. Он открыл шкафчик., достал оттуда пачку денег и отдал Клаудио. Они поблагодарили его и поспешили покинуть учреждение.

Утро прошло за работой. Клаудио и Кристина посещали дома и учреждения. Некоторые владельцы отказывались платить налог, жалуясь на отсутствие денег. Кристине всё больше и больше нравился Клаудио из-за его профессионализма и мужества. Проходит утро, а за ним заканчивается и рабочий день. Молодые люди прощаются и договариваются встретиться через пятнадцать дней.

Пикник

Солнце продвигается по горизонту и начинает припекать ещё больше, ведь сейчас послеполуденное время. Суета в деревне идёт на спад. Фермеры возвращаются со своих ферм, прачки несут грузы одежды с речки Мимозо, гражданские служащие и швеи тоже берут перерыв на обед. Кристина не составляет исключения. Она тоже возвращается домой. Она входит в дом и направляется на кухню. Здесь её уже ждут родители, а Геруса подаёт обед.

—Прости, дочка, что принялись за обед без тебя. Я был уставший и голодный после деловой встречи. Ну, так как прошёл твой первый день на работе? (Майор)

—Не извиняйся. Мой первый рабочий день был долгим и утомительным. Я и Клаудио старались изо всех сил, чтобы убедить налогоплательщиков платить. Однако, очень многие стояли на своём. В любом случае, день прошёл отлично, потому что я многому научилась. Я просто не уверена, что хочу заниматься этим до конца жизни.

—Скажи Клаудио, что я хочу конкретнее узнать, кто именно не заплатил. Я майор, и я не потерплю никаких оправданий и отлагательств.

—Ты познакомилась с кем-то, дочка? Завела друзей? (Хелен)

—Да, несколько человек. Сёстры Клаудио очень милые.

Геруса подаёт Кристине еду, и та начинает есть. Служанка в это время не произносит ни слова. Её так воспитали. Геруса уходит из кухни и отправляется к своему домику на улице. Семья ест обед. Кристина заканчивает с обедом и прощается с родителями поцелуями в щёки. Она идёт на балкон, где всегда уютно и свежо, чтобы повязать. Движения быстрых рук уносят Кристину в таинственные миры, куда можно попасть только фантазируя. Она видит себя на свидании с сильным, широкоплечим и уверенным в себе мужчиной. Её воображение рисует помолвку и последующий брак. В это же мгновение её пронизывает тоска. Она видит себя матерью твоих прекрасных детей. Потом, бабушкой и прабабушкой. После смерти, она видит себя в раю, в окружении ангелов и Бога нашего, Иисуса Христа. Её проворные руки быстро вяжут и, на мгновение, ей кажется, что рисунок вязки очень похож лицо знакомого мужчины. Она мотает головой, и эта иллюзия пропадает. Что случилось с ней? Она сошла с ума или просто влюбилась? Она не хотела в это верить. Кристина продолжает вязать, пока не слышит что-то кто-то громко называет её имя. Она идёт в сад, откуда услышала этот голос. Она узнаёт Фабиану, Патрицию и Клаудио в компании ещё каких-то молодых людей.

—Кристина, можно мы войдём?
—Да, конечно. Чувствуйте себя как дома.

Группа из шести молодых людей вошла в дом. По лестнице они поднимаются на балкон. Фабиана представляет своих друзей.

—Это мой двоюродный брат Рафаэль, а это мои подруги Талита и Марцела.

Кристина приветствует их поцелуями в щёки.

—Приятно познакомиться. Друзья Фабианы мои друзья.
—Рад знакомству. Клаудио очень хорошо о тебе отзывался. (Рафаэль)
—Кристина, мы пришли чтобы пригласить тебя на классную прогулку до вершины горы Ороруба. У нас там будет пикник. Человек должен иногда выходить на прямой контакт с природой. Так он очищает свою карму. (Клаудио)
—Пойдём с нами, Кристина. Хватит тебе уже сидеть дома. (Фабиана)
—Мы настаиваем. (Все вместе)
—Что ж, ладно. Я пойду. Вы убедили меня. Подождите минуту, я скажу родителям.

Кристина ненадолго исчезает в доме, но вскоре возвращается. Со своими новыми друзьями она совершит поход на священную гору Ороруба.

Семеро начинают путь. Кристина смотрит на Клаудио и видит в нём типичного сельского мужчину: сильного, уверенного и полного очарования. Их первый совместный рабочий день оставил хорошее впечатление об этом молодом человеке, но она ещё не определилась со своими чувствами. Она просто знала, что это чувство сильное и продолжительное. Она думает, что пикник будет отличной возможностью познакомиться поближе. Семеро друзей ускоряются и вот, они уже у подножия горы. Клаудио, лидер группы, останавливается и просит остальных сделать то же самое.

—Напейтесь сейчас. Прогулка будет долгой и изматывающей. (Клаудио)

—Я слышала о священности этой горы и о её магических способностях. (Талита)

—Это правда. Легенда гласит, что мистический шаман отдал свою жизнь за спасение людей. С того времени, гора стала священной. Ещё поговаривают, что духовный предок, хранитель, охраняет все её секреты. (Фабиана)

—Это ещё не всё. На вершине горы находится магическая пещера, которая исполняет мечты. Мечтатели со всего мира ищут её, чтобы увидеть чудеса. Однако, на сколько мы знаем, никому ещё не удалось выжить там. (Патриция)

—Какие страшные истории. Может, нам лучше вернуться назад? (Кристина)

—Не переживай, Кристина. Это всего лишь истории. Даже если они правдивы, я буду рядом, чтобы защитить тебя. (Клаудио)

—И не один Клаудио. Я тоже мужчина, и я готов помочь тебе, если потребуется. (Рафаэль)

—А как на счёт меня? Никто не защитит меня? Я тоже девица, и тоже в беде. Мне больно. (Марцела)

Рафаэль подходит к Марцеле и обнимает её, давая понять, что защитит и её. Все пьют воду, и компания начинает путь. Кристина старается не отставать от Клаудио. После всех этих историй она чувствует себя в опасности. Она думает о горе, хранителе и о пещере. Она представляет себя входящей в пещеру, которая в один момент исполняет все её мечты. Она ведь тоже мечтатель, как и те, кто погубили свои жизни в этой пещере. Так, не нужно витать облаках. Она дочь майора. Девушка должна думать, прежде чем заводить друзей, влюбляться и желать чего-то ещё. В монастыре она ощущала себя даже сравнительно свободнее, чем сейчас. Клаудио подаёт ей руку, чтобы помочь взобраться на холм, потому что видит, как девушке нелегко. Мысли Кристины без остановки снуют в голове. Она думает о том, что хочет иметь такого друга, как Клаудио. Друга, который будет поддерживать её и будет с ней честен. Она мотает головой, чтобы избавиться от этих мыслей. Это невозможно. Отец майор никогда не согласится на такой союз. Он был простым сборщиком налогов, а она дочерью майора. Они жили в совершенно разных мирах. Компания останавливается, чтобы передохнуть и восстановить силы. Солнце печёт, дует лёгкий ветерок. Они прошли уже пол пути.

—Отсюда можно увидеть большую часть Мимозо. Видишь, Кристина? Там твой дом. (Клаудио)

—Вид отсюда и впрямь отличный. Я думаю, на вершине должно быть ещё лучше. Горная цепь Мимозо отсюда не выглядит такой большой. (Кристина)

—Я думаю, нам лучше выдвигаться. Зачем здесь долго торчать. (Фабиана)

—Согласен. Так мы будем дольше добираться до вершины. А она ведь самая главная часть горы. (Рафаэль)

Большинство согласились продолжать путь. Был час по полудню, и Кристина чувствовала себя немного уставшей. Взбираться на гору может быть крайне утомительно для тех, кто не привык к такому. Она вспоминала испытания, которые проходила в монастыре, но ни одно из них не походило на это. Ей нужно было взобраться на священную гору. Она сжала волю в кулак и сделала несколько глубоких вдохов, чтобы никто не заметил, как ей тяжело. Клаудио улыбается её, и это наполняет её силой, ведь ради него она готова преодолеть любые испытания. Эта странная сила, любовь, может связать двух людей даже без физического контакта. Для Клаудио, если бы девушке представился шанс, она бы встретилась с хранителем, вошла в пещеру и исполнила мечту быть вместе навсегда. В конце концов, зачем нужна жизнь, если мы не можем провести её с теми, кого любим? Пустая жизнь не есть жизнью. Группа наконец достигает вершины. Клаудио пытается отрицать тот факт, что он полностью очарован красотой и грацией Кристины. С момента их встречи что-то изменилось в нём. Он не мог ни есть, ни делать что- либо другое без мыслей о ней. Он думает о том, каким значимым был переезд её семьи с Пескейры в процветающий Мимозо. И о том, какой щедрой была судьба, когда соединила их вместе на одной работе. Пикник будет отличной возможностью поухаживать за этой девушкой. Он надеялся, что, несмотря на различие в их мирах, его примут в её семье. Сложности, связанные с её предвзятыми родителями, можно преодолеть. Наконец группа достигает вершины и празднует свой успех. Осталось лишь найти хорошее место для пикника. Компания разделяется на три группы, чтобы найти подходящее место. Спустя несколько минут одна из групп подаёт сигнал свистом. Место выбрано. Группы сходятся в одну и начинают пикник. Каждый принёс с собой что-то из еды.

—Чувствуешь это, Кристина? Пение птиц, лёгкий шёпот ветра, атмосфера природы, жужжание насекомых. Сё здесь как будто неизведанное. Каждый раз, когда прихожу сюда, я чувствую себя важной частью природы. Я наравне с ней, а неё владелец. (Клаудио)

— Здесь очень красиво. Здесь, на природе, я чувствую себя обычным человеком, а не дочерью майора. Вы даже представить себе не можете, как здорово это ощущать. (Кристина)

— Наслаждайся этим, Кристина. Ведь такое случается не каждый день. День за днём на нас давят предрассудки, стыд и страх. Здесь мы можем забыть об этом хотя бы на мгновение. (Фабиана)

— В гостях у этой дикой зелёной природы мы можем чувствовать, видеть и полностью понимать Вселенную. Так происходит потому что гора, на которой мы находимся, священная и обладает магическими способностями. (Талита)

— Я тоже хочу высказаться. Мы группа из семи молодых людей. И что же мы ищем? Я отвечу. Мы ищем приключения, новый опыт, дружбу и даже любовь. Но всё это возможно лишь в том случае, если мы находимся в гармонии с собой, другими и со Вселенной. А здесь можно обрести эту самую гармонию. (Рафаэль)

— Всё здесь нас чему-то учит. Природа, наша компания и этот свежий воздух...Всё это уроки, которые мы должны усвоить и передать потом нашим детям и внукам. (Марцела)

— Для меня это великое общение. Духовное общение, которое помогает нам преодолеть много ступеней в своей жизни. (Патриция)

После того, как все высказались о своих чувствах в этот чудесный момент, начался сам пикник. Во время еды уютная атмосфера этого места держала всех в молчании. Когда все справились с едой, Клаудио сказал:

—На самом деле, Кристина, мы пришли сюда не ради простого пикника. Мы хотим разбить лагерь и провести здесь ночь.

На мгновение Кристина переменилась в лице. Она единственная из компании, кто не знал об этом.

—Да? А как же опасности, которые поджидают нас на горе? Мой отец убьёт меня, если я проведу здесь ночь. Я думаю, мне лучше уйти.

—Не советую уходить. Хранитель выжидает лучшее время, чтобы напасть. (Фабиана)

—Не волнуйся, Кристина. Я разве не сказал, что защищу тебя? На счёт отца можешь не волноваться. Он знает, что мы заночуем здесь. (Клаудио)

Кристина успокаивается. Лучше уж остаться с компанией. Она совсем не знает эту гору и тайны, которые та скрывает. Здесь будет очень страшно идти одной. Кто знает, что может произойти? Лучше не рисковать. Во второй половине дня силы всех друзей ушли на то, чтобы поставить две палатки. Но быстро с этим справились. Клаудио и Рафаэль ушли искать дерево, чтобы разжечь костёр, который должен защитить их от диких зверей. Женщины остались расчищать землю возле палаток.

—Хорошо, что ты согласилась прийти сюда, Кристина. Вечером здесь ещё более красиво. Ты сама увидишь после ужина. Это просто восторг. Ну скажи мня, разве это не лучше, чем остаться дома? (Фабиана)

—Я тоже наслаждаюсь всей это обстановкой, но вы должны были предупредить меня, что мы идём с ночёвкой. Я была очень удивлена.

—А вы заметили, как Клаудио и Кристина смотрят друг на друга? Эта парочка влюблена.

—Тебе кажется, Талита. Между мной и Клаудио ничего не происходит.

—Если что, я буду рада стать твоей свояченицей. (Патриция)

—И я тоже. (Фабиана)

—Спасибо. Но, к сожалению, это невозможно.

Кристина одарила их серьёзным взглядом, и девчонки прекратили свои насмешки. Клаудио и Рафаэль вернулись с охапками хвороста, которого должно хватить для того, чтобы костёр горел всю ночь. Клаудио и Кристина переглянулись. Начало темнеть. Костёр уже горел и освещал местность. Все собрались вокруг него, чтобы поболтать и съесть ужин, приготовленный Фабианой и Патрицией. Клаудио покинул компанию и подал знак Кристине следовать за ним. Кристина поняла его и тоже удалилась.

—Что же мы будем делать, Кристина? Ты и я, вместе, созерцая звёздное небо. Эти звёзды оказались свидетелями того, что мы оба чувствуем. И не только они, а целая Вселенная.

— Это невозможно. Мои родители не разрешат нам. Они очень предвзяты.

— Невозможно? И ты говоришь мне это сейчас, на этой священной горе? Здесь нет ничего невозможного.

— Но, но..........

— Не говори ни слова. Позволь своему сердцу кричать так же, как моё.

Клаудио приближается и обнимает Кристину. Нежным движением руки он притягивает к себе её лицо и пылко прикасается к её губам своими. Поцелуй окрыляет Кристину и, на мгновение, она ощущает себя парящей в воздухе. Но мысли, беспорядочно снующие в голове, заставляют девушку прекратить поцелуй. Она отстраняется и говорит:

— Я ещё не готова. Прости, Клаудио.

Кристина убегает и присоединяется к компании. Клаудио идёт за ней. Начинает холодать, и все собираются возле потрескивающего огня, чтобы согреться. Рафаэль стоит возле костра, готовый рассказать страшную историю о горе.

— В глубинке Пажю, в городе под названием Триумф, жил один мечтатель. Его звали Илалио. Он мечтал стать бандитом и организовать свою банду, которая будет совершать преступления, накапливать деньги и завоёвывать социальный авторитет. Ко всему этому, он также хотел очаровывать женщин. Но у Илалио не было храбрости и решимости, чтобы преуспеть в этом деле. Он едва ли владел мечом. В своём городе он услышал о священной горе Ороруба с её таинственной пещерой, которая исполняет желания. Недолго думая, он собрал свои вещи и отправился в путь. Он пришёл на гору, встретил хранителя, преодолел испытания и вошёл в пещеру. Однако, его сердце не было чистым, а намерения праведными. Пещера не простила ему этого и уничтожила всю его жизнь вместе с мечтами. С тех самых пор его измученная душа скитается по горе. Поговаривают, что одни охотники видели его здесь прямо в полночь. Он был одет как бандит и держал большой пистолет, который стрелял призрачными пулями.

—Ты имеешь ввиду, что он стал храбрым после смерти? Тогда пещера частично удовлетворила его мечты. (Талита)

—Не совсем, Талита. Пещера уничтожила жизнь этого мечтателя, оставив его душу наедине со своими желаниями. К тому же, он просто потерянная душа, которая скитается в страданиях. (Фабиана)

—Это просто история. Многие мечтатели пытали удачу в пещере, но никто из них не выжил. Поэтому эту пещеру называют пещерой отчаяния. (Рафаэль)

—Я бы ни за что не вошла в пещеру. Мои мечты сбудутся, потому что я приложу к этому настойчивость, организованность, самоотверженность и веру. (Марцела)

—Я бы вошла в пещеру ради любви. Жизнь невозможна без риска. (Кристина)

—Опять романтика. Кристина влюблена, ребята. (Патриция)

Все, кроме Клаудио, рассмеялись. Он был обижен на то, как Кристина его отвергла. Он открыл ей своё сердце и чувства; однако, этого не хватило, чтобы убедить её в своей любви. Она говорила о предупреждениях своих родителей, но сама была не лучше их. Тоска, которая пробралась к нему в сердце, напомнила об эпизоде, когда он жил в Пескейре и встречался с красивой блондинкой, дочерью мэра. Они встречались тайно на протяжении трёх месяцев из-за боязни быть отвергнутыми её родителями. Однажды, её отец узнал о их связи и был крайне недоволен. Он нанял двух слуг для того, чтобы они избили его. Такую взбучку он никогда не забудет. Казалось, что все эти удары и пощёчины оставили ему не слуги, а сама девушка и её предрассудки. Но он так просто не сдастся. Он докажет Кристине свою значимость, чтобы она поняла, как глупо было терять драгоценное время.

Наступает ночь. Компания готовится ко сну спать в своих палатках. Огонь продолжает гореть, чтобы защитить их от злых зверей, обитающих на горе. Где-то далеко слышен вой. Кристина никак не может уснуть. Девушка боится. Она впервые спит в священном месте. Твёрдая земля причиняет гораздо больше неудобств, чем она думала. Вой не утихает. Раздаются шаги. От ужаса перехватывает дыхание. Это призрак бандита? Или страшный зверь, готовый сожрать её? Шаги приближаются. Сильный ветер покачивает палатку, и чья-то мистическая рука появляется у двери, сделанной из лоскута ткани. Она уже почти готова закричать. В проходе появляется фигура мужчины, которая говорит:

—Успокойся, это я.

Кристина успокаивается. Приступ паники проходит. Она узнаёт голос. Это Клаудио. Но что он делает в её палатке в такой час? Её лицо, на которое падает тень, отражает это сомнение. Клаудио приседает и спрашивает:

—Я пришёл чтобы спросить, загадала ли ты желание.

—Желание? Какое желание?

—Поскольку эта гора священная, ночью она исполняет желания влюблённых сердец. Я уже загадал своё. И знаешь, какое? Я попросил у горы соединить нас вместе навсегда.

—Ты веришь в это? Никакая гора не сможет нарушить планы моего отца.

—Я ведь сказал тебе, что гора священная. Верь мне. Она сможет исполнить наши мечты.

Сказав это, Клаудио взял её за руку, и они вместе закрыли глаза. В это время сердца возлюбленных соединились в параллельной Вселенной, где они уже были счастливы и свободны. Кристина видела себя его женой и матерью по крайней мере семи детей. В этот момент они чувствовали себя одним целым со Вселенной. Связь была разорвана: Клаудио попрощался, и Кристина продолжила свои попытки уснуть на твёрдой сухой земле.

Спуск с горы

Начинается новый день. Клаудио просыпается и начинает будить остальных. Кристина просыпается последней. Парни углубились в лес, чтобы наловить немного рыбы на завтрак в ближайшем пруду. Тем временем, женщины пытаются разжечь огонь остатками хвороста. Фабиана нарушает молчание.

—Хорошо спала, Кристина?

—Не очень. У меня постоянно болела спина из-за этой твёрдой земли. И болит до сих пор.

—Такая уж скаутская жизнь. Приготовься, нас ожидает ещё множество приключений. (Талита)

—А вообще, тебе понравилась наша прогулка? (Патриция)

—Да, понравилась. Здесь, на горе, очень спокойная и мирная атмосфера. Мне очень понравилось общаться с природой и с вами, ребята.

—Нам тоже понравилось, хоть мы здесь не в первый раз. Теперь ты часть нашей команды. (Патриция)

—Ты уладила отношения с Клаудио прошлой ночью? (Талита)

-Мы решили не начинать отношения. Мы живём в совершенно разных мирах.

—Вы справитесь с этим. Любовь сильней преград и, как я уже сказала, я буду рада быть твоей свояченицей. (Фабиана)

—Я тоже. (Патриция)

—Я завидую тебе. Клаудио такой симпатичный. Жаль, что я его не интересую. (Талита)

Девочки вели живую беседу, но Кристина не принимала в ней участие. Разговоры о любви и Клаудио ранили её душу, потому что всё это казалось невозможным. Она хорошо знала своих родителей и знала, что они будут против таких отношений. Мать до сих пор надеялась, что Кристина вернётся в монастырь, а отец мечтал о её женитьбе с человеком их социального класса. Оба эти варианта исключали Клаудио, но её сердце так тянулось к нему. Она хотела только его. Она должна была справиться с "противостоящими силами", или даже выбирать между ними. "Противостоящие силы" боролись в её сердце и оставляли много сомнений разуму. Спустя тридцать минут, Клаудио и Рафаэль вернулись с приличным количеством рыбы. Рыбу поместили на гриль, поджарили, а затем разделили между собой. Клаудио сказал:

—Во время ловли рыбы появилась какая-то старая леди и попросила немного рыбы для завтрака. Я дал ей несколько рыбин, она благословила меня и сказала, что я буду очень счастлив. Я не знаю, кто она и никогда раньше её здесь не видел. Но у неё был такой пронизывающий взгляд, как будто она знала моё будущее.

—Может, она и есть хранитель? Разве по легенде она не живёт здесь, на горе? (Фабиана)

—Вполне возможно. Именно об этом я и подумал, когда увидел её. (Рафаэль)

—Тогда тебе очень повезло, братишка. Не так много людей могут достичь счастья. (Патриция)

—Она была очень странной. Я почувствовал умиротворение, когда отдал ей рыбу. (Клаудио)

—А я практична. Я верю в священность этой горы только потому, что сама бывала здесь. Но верить в какого-то хранителя и чудесные пещеры – это уж слишком. Скоро ты попытаешься меня убедить, что здесь обитают призраки и гоблины. (Талита)

—На твоём месте я бы не была так скептично настроена. Клаудио серьёзный парень, и уж точно не лжец. (Марцела)

—Я тоже верю ему. В монастыре меня научили определять лжецов по глазам. Так вот, глаза Клаудио были правдивы, когда он говорил о хранителе. Он, должно быть, особенный, раз встретил ей. (Кристина)

Рыбный завтрак компания ела в тишине. Клаудио и Рафаэль сложили палатки, а девушки собрали все вещи, принесённые с собой. Компания вместе помолилась и поблагодарила гору за гостеприимство. Пора возвращаться назад в деревню. Клаудио предложил Кристине свою руку, и та согласилась. Спуск с горы был опасен для новичков. Физический контакт с Клаудио заставил сердце Кристина подпрыгнуть. Этот парень настолько сводил её с ума, что она мигом забыла о той неловкости на вершине горы. Такие моменты переносили её в иные миры, где не было место никому, кроме неё самой. И она чувствовала себя совершенно счастливой. Однако, там, внизу, она должна будет отпустить свои мечты и столкнуться с суровой реальностью. А реальность такова, что её отец коррумпированный, авторитарный и непреклонный майор. Но она жила теми моментами, когда Клаудио прикасался к её руке и целовал её. Кристина сжала руку Клаудио покрепче, чтобы убедиться, что он в само деле здесь. Она уже потеряла бабушку и дедушку и не хочет ещё раз пережить потерю. Компания продолжает спускаться с горы. Они прошли уже половины пути, спускаясь по крутым горным тропам. Клаудио, лидер группы, останавливается и просит других сделать то же самое. Они пьют воду и продолжают идти. Кристина думает о том, как рассердится мать, когда узнает, что они ночевали на горе. Она относилась к Кристине как к ребёнку, который не может выбрать верный путь без посторонней помощи. Это под влиянием матери Кристина провела три года своей жизни в монастыре, живя как отшельник. Она могла гулять только в сопровождении и с разрешения Матери Настоятельницы. Тогда она выучила латынь и историю появления христианства. Единственная польза, полученная в монастыре, это обогащение культурой и знаниями. В остальном, это была пустая трата времени, потому что Кристина не имела ни малейшего желания стать монахиней. Она устала быть хорошей и послушной девочкой. Это приносило ей одни потери. Нужно восстановить её баланс "противостоящих сил". Группа ускоряет темп и, в течении короткого времени, приходит в деревню. Они прощаются и расходятся по домам.

Зло майора

Дома всё прошло гладко. Родители не ругали Кристину за то, что ей пришлось провести ночь на горе. В конце концов, она была не одна. После разговора с родителями она приняла ванную, удалилась в свою комнату и легла спать, потому что чувствовала себя уставшей. Майор и его жена разговаривали в гостиной. Послышался стук в дверь, и Геруса поспешила её открыть. Это была фермерша Лениси.

—Чем я могу Вам помочь?
—Я хочу поговорить с майором. Это очень важно.
—Входите. Он в гостиной.
Лениси вошла и направилась в гостиную.

—Господин Майор, я хотела бы поговорить с Вами, Сер. Дело касается моего новорождённого сына, Хосе.

—Что с ним? Отец ребёнка не хочет брать на себя ответственность? Вам нужна помочь?

—Нет, ничего такого. Я хотела попросить Вас, Сер, стать крёстным отцом моему ребёнку.

—Что? Крёстным оцтом? К какой важной семье ты принадлежишь?

—Сильва. Мы работаем в сельском хозяйстве.

—Это невозможно. Ни за что в мире я бы не стал другом семьи Сильва. Думай, прежде че приходить с такими просьбами.

—Господин Майор, у Вас нет сердца.

Бедная женщина ушла из дома, заливаясь слезами. Она мечтала стать другом майора, как и многие в этой деревне. Её сын обрёл бы будущее, стань Господин Майор его крёстным отцом. Он смог бы получить хорошее образование, доступ к медицинским услугам и приличную работу. Все, без исключения, хотели быть как-то связаны с майором, чтобы получать привилегии. Ведь те, кто их лишён, обречён погрязнуть в мире нищеты и страдания.

Фермерша ушла, и майор начал готовиться к визиту в полицию. Хелен расправляла его одежду.

—Ты видела эту женщину? Какое нахальство! Человек моего чина и статуса не может стать другом каких-то Сильва.

—Люди здесь страх как хотят подружиться с тобой. Золотоискатели!

—Были бы они, по крайней мере, торцовками, я бы согласился. Видала такое? Чтобы майор водил дружбу с фермерами.

—Я рада, что ты поставил её на место. После этого сюда больше не заявятся никакие фермеры.

Майор целует жену на прощание и уходит. Он сосредотачивается на том, что должен сделать сегодня. Несмотря на то, что майор официально сложил присягу перед мэром и пообещал руководить политической ситуацией в Мимозо, пока что им не было предпринято никаких активных действий. Образ "хорошего" майора начал раздражать. Он должен действовать, чтобы получить уважение других важных личностей. Майор и полковник играли важные роли в консолидации несправедливой структуры под названием 'группа Полковников,' которая царила в то время. Именно благодаря этой несправедливой структуре они упивались властью и великолепием. Майор продолжает идти. Вот и отделение. Он уверен в том, что собирается предпринять. Детство в Масейо научило его принимать важные решения быстро и чётко. Сейчас было самое время для таких решений. Он приходит в отделение, открывает дверь в кабинет и говорит:

—Делегат Помпеу, на нужно обсудить важное дело.

Майор протягивает делегату листок

—Что это?

—Это полный список налогоплательщиков, которые уклонились от оплаты налога. Я не намерен больше терпеть их оправдания, и я призываю Вас, Сер, воспользоваться своими полномочиями делегата и разобраться с этим.

—У них было достаточно времени для оплаты?

—Да, я сделал всё, что в моих силах. Сборщик налогов, Клаудио, сообщил мне, что они уклоняются от оплаты с помощью глупых отговорок.

—Я не могу ничего предпринять. Закон не позволяет мне принимать какие-либо действия.

—Я должен напомнить Вам, Господин Помпеу, что Вы можете потерять Вашу работу, если не предпримете дальнейших действий. Закон на стороне сильнейших и, как майор, я приказываю Вам посадить в тюрьму всех этих негодяев, пока они не выплатят долги.

Делегат Помпеу махнул головой в знак согласия и позвал двух офицеров, чтобы те незамедлительно начали арестовывать жертв. Майор остался доволен. Этот приказ будет первым из множества других, которые он намерен совершить в качестве величайшего политического авторитета региона.

Месса

Это было прекрасное воскресное утро. Колокола часовни пробили время для воскресной мессы.

Отец Киаваретту готовился к очередному торжеству в своей ризнице. Киаваретту был официальным священником Мимозо. Он родился и вырос в городе Венеции, в семье среднего класса. А священником стал в 1890 году. Священную практику он начал у себя на родине, в Италии. До 1908 года ничего не менялось. Но в этом году, по определению епископа Венеции, он был официально переведён в Бразилию. Его миссия состояла в том, чтобы распространять слово Божье и наставлять людей на путь истинный в тех местах, где сохранились остатки язычества. За два года упорной работы он достиг прогресса в маленькой деревне. Он хотел обратить внимание как можно большего количества людей к мессе. В самом начале, когда он только прибыл в деревню, мессу посещали многие. Со временем, жители потеряли энтузиазм, поскольку месса проводилась на латыни. Тогда это было официальным требованием церкви.

Во время подготовки к мессе священник почему-то предался воспоминаниям. Он вспомнил время в Венеции и судьбы своих братьев и сестёр. Один из братьев решил стать солдатом и ушёл, чтобы принять участие в создании интегрированного фронта мира в другой стране. Он всегда хотел защищать других детей. Одна сестра стала монахиней, а вторая вышла замуж и завела четырёх детей. Они пошли совершенно разными, противоположными дорогами, но никогда не переставали помогать друг другу и поддерживать отношения. Обе жили в Венеции. Он не всегда целенаправленно хотел быть священником. На это указали ему знаки судьбы. Он был призван Иисусом. События, благодаря которым он решил стать священником, произошли следующим образом: ещё ребёнком он игрался с одним из своих приятелей на мосту, который проходит через речку. Они играли в догонялки. Увлечённый игрою, он перелез через перила моста в попытке поймать своего друга. Его ноги задрожали, голова закружилась, он сделал неправильный шаг и оказался прямо в речке. Течение было сильным, а река переполнена. Киаваретту пытался плыть, но он раньше никогда не плавал. Он начал тонуть, а его друг просто стоял и смотрел, потому что тоже не имел навыков плавания. Поблизости не было ни одного взрослого. Понемногу Киаваретту начал терять силы и остатки сознания. Но, когда он ещё падал в речку, то, сам того не заметив, выкрикнул имя Господа. И сейчас чья-то сильная рука быстро схватила его, а чей-то голос сказал:

—Педро, не бойся!

Это было его имя: Педро Киаваретту. Крепкая рука вытащила его из воды. Педро был спасён. Обернувшись по сторонам, мальчик не увидел никого необычного. С тех пор Педро Киаваретту полностью посвятил себя религии и стал священником. Он никому не рассказывал об этой истории.

Экскурс в воспоминания закончился. Священник направляется к алтарю. Он смотрит на прихожан и замечает, что здесь ничего не изменилось: сильные и богатые сидят на лучших местах впереди, а те жители, которым повезло меньше, заняли места поодаль. Это деление расстраивает его, ведь в семинарии его учили тому, что люди одинаково равны и важны в глазах Господа. Ведь одного человека от другого отличают талант, харизма и многие другие качества. Именно они и делают его особенным. В любом случае, он не может ничего с этим поделать. Официальное разделение церкви и государства состоялось с провозглашением Республики и Конституции в 1891 году. С того момента Бразилия стала избирательной страной, в которой не было официальной религии. Церковь тогда потеряла много сил и привилегий. Тогда Группа Полковников (правящая на северо-востоке) приняла решение, что церковь не может пойти против государства.

Священник начинает службу, но единственные, кто на самом деле прислушиваются к его словам, это Кристина и Хелен. Они обе знают латынь. Остальные же пришли в церковь для того, чтобы оценить внешний вид других и посплетничать. Они не имели ни малейшего понятия о том, в чём состояло истинное предназначение мессы. Священник говорит о прощении и о том, что мы должны прислушиваться к своему сердцу. Он говорит, что это лучший компас для тех, кто запутался. Месса продолжается и подходит к причащению. Когда священник превращает хлеб с вином в кровь и плоть Иисуса Христа, Кристине чудится, что на алтаре, возле священника, она видит Клаудио. Она качает головой. Видение исчезает. Такое случается с ней уже во второй раз. В первый раз она вязала на крыльце своего дома. Что происходило с ней? Её мысли были далеки даже от мессы. Кристина решила в этот раз не причащаться, потому что чувствовала, что не была готова, и её сердце не было достаточно чистым. Хелен причастилась. Служба продолжается, и Кристина пытается сосредоточиться на проповеди священника. Она вникает в каждое слово, сказанное им. Так у неё выходит на минуту забыть о Клаудио и о том потрясающем пикнике. Она почти отдалась ему там, на горе. Её остановили страх перед осуждением и отцом. Священник даёт последнее благословение, и Кристина чувствует себя более расслабленной. Она больше не будет беспокоится о том, чтобы себя сдержать.

Размышления

Кристина с семьёй покидают маленькую часовню Святого Себастьяна. Майор прощается с ними и идёт к зданию Ассоциации Жителей, чтобы уладить несколько дел. Кристина с матерью возвращаются домой. По дороге Кристина вспоминает детали проповеди. Она получила прощение от своей матери за то, что покинула монастырь? Была ли она прощена? Ответ на оба вопроса отрицателен. Хелен, разочарованная уходом дочери из монастыря, больше не была той матерью, которую Кристина с детства училась любить и уважать. Она больше не была любящей и заботливой. Она больше не была другом. Теперь она просто приятель. Снова и снова она повторяла, как счастлива была бы иметь дочь монахиню. Она по-прежнему надеялась, что Кристина вернётся в монастырь. Кристина же терялась в совершенно других сомнениях. Она была уверена в своих чувствах к Клаудио, но боялась всецело отдаться страсти, ведь это могло причинить ей боль.

В монастыре Кристина выучила, что мужчинам нельзя доверять из-за двойственности их натур. Но сейчас она старалась не вспоминать об этом нравоучении и, в этот критический момент своей жизни, решила следовать своему сердцу. Она не слушала нравоучений и тогда, когда затеяла любовный роман с сыном садовника в монастыре. После того, как её изгнали, он даже не вспомнил о ней. Она не вспомнила о нравоучении и на горе, когда чуть не отдалась Клаудио. Вместо этого она подчинилась социальным условностям и страху. Оба раза она отказалась слушать своё сердце из-за этих препятствий. Кристина пообещала себе прислушаться к нему при первой же возможности. Вот такую пользу девушка извлекла из службы отца Киаваретту.

Sucavão

Это было тихое утро вторника. Днём ранее, проливной дождь заполнил все реки и ручьи. Люди со всего региона купались и веселились в реке Мимозо. Тем временем, группа молодых людей во главе с Клаудио уже направлялась к дому Кристины. Они позовут её в следующее интересное путешествие. Они подошли к дому и захлопали в ладоши, чтобы их услышали. Служанка Геруса отворила дверь.

—Что вам угодно?

—Мы хотим поговорить с Кристиной. Она дома?

—Да. Погодите минутку. Я позову её.

Несколько мгновений спустя, в дверях появилась улыбающаяся Кристина, готовая поговорить.

—Геруса сказала мне, что вы, ребята, хотите поговорить. О чём?

Клаудио, глава группы, ответил.

—Мы пришли, чтобы пригласить тебя присоединиться к интересному путешествию. Вчерашний дождь переполнил все реки и ручья. Все наслаждаются этим. На ферме Фрешейра Вейля, недалеко отсюда, есть одно очень особенное место, которое я хочу тебе показать. Что скажешь?

—Если пообещаешь, что вы не готовите для меня очередной сюрприз, как это было на пикнике, то я согласна.

—Их не будет. Ты будешь в восторге от этого места. (Фабиана)

—Мы гарантируем тебе очень особенное утро. (Рафаэль)

Остальные члены компании тоже настаивали и, в конце концов, Кристина согласилась. Она не занималась ничем важным в этот момент. Прогулка поможет ей проветриться и лучше сосредоточиться на своих мыслях. Ребята начали двигаться в сторону назначенного места. Клаудио предложил Кристине руку, и она приняла её, потому что решила следовать порывам своего сердца. На этот поступок её вдохновил священник. Физический контакт с Клаудио заставил её перенестись в другой мир, недоступный для обычного человека. В этом мире не было места другим. Только она и Клаудио. Она была замужем и воспитывала семерых ребятишек. Её предубеждения и морально неустойчивые родители не могли повлиять на неё в этой фантазии. Если гора Ороруба в самом деле была священной, то она исполнит её мечты. Однако, это было невозможно по двум причинам. Во-первых, потому что мать хотела видеть её монахиней. А во-вторых, потому что отец хотел спланировать её будущее (по его мнению, счастливое), выдав замуж за кого-то своего социального круга. К тому же, оба родителя были полны предрассудков.

Группа останавливается, чтобы восстановить силы и восполнить водный баланс. Клаудио не отпускает руку Кристины ни на минуту. В его мечтах Кристина только его. Они были связаны. С того момента, как он встретил её, его жизнь изменилась. Он практически перестал употреблять алкоголь и бросил курить. Его друзья тоже заметили эти перемены. Он стал более харизматичным и весёлым. Он больше не жаловался на работу и счета. Он был освещён любовью Господа. Он был готов на всё ради Кристины: столкнуться лицом к лицу со страшным майором и его женой; встретиться с Богом; бросить вызов общественному мнению и, если потребуется, всему миру. Он познал истинную любовь, и она была непохожа на все его предыдущие отношения.

Компания ускоряет шаг. Через десять минут они приходят к ферме Фрешейра Вейля. Короткая дорога привела их к краю железных путей, поэтому они сворачивают вправо и проходят ещё несколько футов. Наконец они у цели. Кристина потрясена. Перед ней находится природный каменный бассейн с видом на небольшой ручей.

—Так это то, что ты хотел мне показать? Это потрясающе!

—Мы знали, что тебе понравится. Это место очень спокойное, здесь можно расслабиться. Его называют Sucavão. (Клаудио)

Они подбегают к этому чуду природы. Клаудио немного отходит от Кристины, разгоняется и прыгает в воду. Он ныряет и остаётся под водой в течении нескольких секунд. Кристина начинает волноваться и искать его всему бассейну. Неожиданно две сильные руки Клаудио с силой хватают её за бёдра, и влюблённые выныривают уже вместе.

—Меня искала?

Кристина ничего не отвечает и позволяет своим маленьким рукам отдохнуть на плечах у Клаудио. Он чувствует, что сейчас самое время сблизиться к ней. Его настойчивые губы касается её губ. Наконец-то, они вместе. Влюблённые слышат шквал аплодисментов. Они поворачиваются к друзьям и смеются. Их отношения подтверждены. Компания продолжает вместе наслаждаться этим чудесным местом. Кристина и Клаудио не отходят друг от друга ни на минуту. Всё утро они проводят здесь, в Sucavão, а потом возвращаются и расходятся по домам.

Базар

Вот и настало солнечное утро среды. Кристина только что проснулась. Она встаёт с кровати и идёт мыться. Она входит в ванную комнату и включает кран. Поток холодной воды омывает всё её тело. Мысленно она возвращается к событиям вчерашнего дня. Она думает об объятьях и поцелуях Клаудио. Этот физический контакт убедил девушку в её чувствах. Они были сильными и прочными. Она выключает воду и намыливается. Внезапно в её радужные мысли вторгается страх. Что случится, если об этом узнают её родители? Сможет ли любовь победить предубеждения и социальные условности? В самом ли деле гора обратила внимание на их желания? Так много вопросов, так мало ответов. Всё, что им оставалось, это наслаждаться моментом и надеяться, что он будет длиться вечно.

Она снова включает воду, и её страх исчезает. Девушка была готова бороться за свою любовь и победить любой ценой. Вода из-под крана напоминает ей о воде в волшебном Sucavão. Она размышляет о том, что каждый из нас должен походить на текущую реку и полностью отдаваться течению. Это то, как она поступит с любовью к Клаудио. Холодная вода начинает раздражать, и она выключает её. Она берёт два полотенца и начинает вытираться. Убедившись, что на теле не осталось влаги, Кристина одевается и идёт завтракать на кухню. Геруса уже обслуживает её родителей.

—Уже проснулась? Отлично выглядишь. Что-то произошло?

—Ничего, Мама. Просто хорошо спалось.

—Моя дочь хорошая девочка, женщина. Она бы не отреклась от своих принципов. (Майор)

По телу Кристины пробегает холодок и ей начинает казаться, что родители что-то знают. Она решает держаться спокойно, чтобы не вызвать подозрений.

—Как вы смотрите на то, чтобы пойти сегодня на ярмарку? Мне нужны фрукты, овощи и бобы. (Хелен)

—Я с радостью пойду с тобой, мам.

—Ну а я не могу. Мне нужно присматривать за бизнесом. (Майор)

Кристина и Хелен доедают завтрак и идут на базар. Базар в Мимозо набрал такую популярности, что люди со всей округи приезжают его посетить. В тот день базарная площадь была набита битком. Торговля процветала. Женщины подходят к прилавку фруктов Оливии, и, в этот момент, Кристина замечает Клаудио. Их взгляды пересекаются.

—Ты? Я не ожидала тебя здесь увидеть. (Кристина)

—Мать попросила меня остаться здесь за старшего. Чего дитя не сделает для своей мамы. Как Вы, мисс?

—Очень хорошо.

—Я и не знала, что вы оба так дружите.

Кристина, маскируя своё истинное отношение к Клаудио, отвечает:

—Он из компании тех ребят, с которыми я гуляю, а ещё он мой сотрудник. Ты не разве помнишь?

—Ах, да. Сборщик налогов.

Клаудио подмигивает Кристине, давая понять, что тоже притворяется. Они не будут говорить о своих отношениях, пока не настанет нужное время. Клаудио спрашивает:

—Что вам?

—Я хочу две дюжины бананов, три папайи и шесть манго. (Хелена)

Кристина наблюдает за каждым мускулом, каждой чёрточкой предмета своего воздыхания. Сомнений нет: он именно тот мужчина, которого она хочет видеть рядом с собой. В монастыре её учили, что победителем является тот, у кого хватает смелости попытаться выиграть. Клаудио отдаёт им фрукты. Мать с дочерью продвигаются дальше. Базар будет открыт до двух часов дня.

Случай с коровой

Майор Квинчино, будучи одним из первопроходцев, стал богатым владельцем плантаций и, следовательно, одним из крупнейших скотоводов этого региона. Однажды, его работники переводили скот через железную дорогу, чтобы получить доступ к другой части земли. Совпало так, что в ту же минуту на горизонте появился поезд, несущийся на приличной скорости. Работники начали подгонять скот, а кондуктор безуспешно пытался затормозить. В итоге, одна из коров умерла от удара поездом. Водитель поезда продолжил свой путь, а сотрудники так и остались стоять, поражены случившимся. Они собрались вместе и решили вместе рассказать об этом майору.

Когда майор услышал эту историю, он приказал положить на железную дорогу огромный камень. Сам он затаился в ожидании поезда. Поезд появился очень быстро и, когда инженер заметил камень, то быстро остановился и попытался убрать его с дороги. К счастью, у него получилось, и никто не пострадал. Раздосадованный водитель сошёл с поезда и задал вопрос:

—Кто положил этот камень прямо на железную дорогу?

Тогда майор подошёл к нему и спросил:

—Как Вас зовут, Сэр?

—Меня зовут Роберто. Скажите мне, кто положил этот камень на дорогу?

—Один из моих людей сделал это. Сегодня Вы попытались остановить поезд. Однако, вчера, Сэр, Вам не удалось сделать это, и Вы сбили одну и моих коров.

—Это была не моя вина. Поезд набрал большую скорость и, когда я увидел корову, было уже поздно останавливаться.

—Ваши извинения мне не нужны. Не беспокойтесь. Я не сообщу о Вас правящим лицам и не заставлю заплатить за корову. Однако, с завтрашнего дня, каждый раз, когда Вы будете проезжать мимо нашей деревни, Вы будете обязаны остановиться перед моим домом и спросить у моей семьи, не нужно ли нам поехать куда-то. Если нужно, Вы будете ждать столько, сколько потребуется, чтобы мы собрались. Если же нет, Вы сможете продолжить свой маршрут. Это понятно?

—Я так понимаю, что у меня нет выбора. Хорошо.

Майор приказывает своим работникам убрать камень, чтобы поезд смог продолжить свой путь.

Пытки

В регионе Майора Квинчино знали по его методам пыток. Самым известным из них, без сомнения, был пресс. Это такой железный инструмент с пятью кольцами. Одно кольцо размещалось на шее, два на руках и два на ногах. Врагов майора мучили и избивали в прессе, часто до смерти.

Однажды у майора украли двух лошадей. Один из его работников успел заметить преступника, но он так быстро исчез, что майор больше не смог его найти. Когда дело умялось, вор решил снова провернуть делишки в Мимозо. Тогда майор уже точно знал, что это он, и незамедлительно отправил за ним работников. Его поймали и заковали в пресс. Униженный и измученный, вор покаялся в своём грехе и сказал, что продал лошадей. Разгневанный майор не простил его и приказал своим работникам пороть вора всю ночь. Они пороли его так сильно, что тот скончался от полученных травм. Работники похоронили его тело. Он был одной из жертв архаичной системы общества; системы, которая убивает ещё до суда.

Записка

Клаудио и Кристина тайно встречались уже несколько недель. Они виделись каждые пятнадцать дней на работе и иногда в кругу друзей. Во время этих встреч они пылко обнимались и целовались, когда никто не мог их видеть. Однако, такое расположение дел не устраивало Клаудио. Решения Кристины не рассказывать никому об их отношениях приносило ему дискомфорт. Ведь н хотел закричать и рассказать всему миру о своём счастье и любви. Поэтому он подозвал Гильерми (деревенского мальчика) и протянул ему записку, адресованную Кристине. Мальчик согласился доставить её.

Гильерми подошёл к дому Кристины и похлопал в ладоши. Геруса услышала и отворила ему дверь.

—Что тебе нужно, мальчик?

—Это записка для Мисс Кристины. Вы не позовёте её?

—Ты можешь отдать её мне. Мне можно доверять.

—Нет. Эту записку я должен отдать лично в руки мисс Кристине.

Геруса пошла звать Кристину с большой неохотой. В ней затаилось любопытство. Она уже десять лет служила этому дому, и ни одно событие здесь не проходило мимо неё. Она заботилась о Кристине с маленького возраста и знала её интересы лучше, чем родная мать. И сейчас она не могла что-то упустить. Как только Кристина получит записку, она сразу же побежит к этому парню. Геруса отдаёт записку Кристине и идёт за ней по пятам. Кристина берёт записку и закрывает дверь в свою комнату прямо перед носом Герусы. Герусе совсем не нравится это неуважительное отношение. Годы приятельства и хороших отношений насмарку. Но что такого важного может скрывать Кристина?

Встреча

С выскакивающим из груди сердцем Кристина принимается читать записку. В ней Клаудио приглашает её на встречу у него дома. Кристину одолевают сомнения. Пойти туда может быть рискованно. Ведь злые языки могут пустить слухи о них с Клаудио, которые в скором времени дойдут до и её родителей. Она хотела сохранить их отношения. С другой стороны, она не хотела ранить Клаудио и спровоцировать отчуждение между ними. Её чувства к возлюбленному были важнее. Она задумывается и принимает решение пойти. Её любовь стоит этого риска. Если придётся, с последствиями они встретятся плечом к плечу.

Кристина собирается и, без всяких объяснений, покидает дом вместе с Клаудио. Её мысли закрыты для тех, кто не знает её истории. Она думает о монастыре, сыне садовника и о своём возлюбленном Клаудио. Монастырь был тем воспоминанием, которое она хотела забыть. Да, там она выучила латынь, основы религии, научилась уважать людей и осознала значение настоящей любви. Но также она помнила сына садовника, период своего созревания и те решения, которые она тогда приняла и которые изменили её жизнь. Она не стала монашкой и встретилась со всеми последствиями этого выбора. Как, например, разочарование её матери. Она думает о Клаудио. Лучи надежды пронизывают всё её существо. Кристина надеется, что, не смотря на непреодолимые барьеры, они смогут пройти их и остаться вместе навсегда. Она вспоминает о том пикнике на горе, где они ещё не были вместе, но уже были счастливы рядом друг с другом. Она вспоминает объятье, поцелуй и желание, которое загадала на священной горе. Её желание начинает сбываться, поскольку они с Клаудио уже встречаются. После похода в церковь Кристина поняла свои желания, и это помогло ей начать отношения в Sucavão. Это магическое место соединило два сердца вместе. Она научилась быть текущей рекой, которая вверяет себя своей судьбе. И судьбой этой был

Клаудио. Именно ради него она согласилась бы пойти на встречу.

Кристина ускоряет шаги, движимая любопытством. До дома Клаудио осталось ещё несколько футов. Она оглядывается по сторонам, чтобы убедиться, что никто не наблюдает за ней. Всё-таки, инстинкт самосохранения сильнее чем что-либо. Важно принять все меры предосторожности, пока их отношения ещё не были раскрыты. Вот она стоит перед домом Клаудио. Она стучит в дверь и ждёт ответа. Открывается дверь, и Клаудио втягивает её внутрь. К удивлению Кристины, здесь собралась вся семья Клаудио.

—Это моя девушка Кристина, как я уже говорил вам. Мы встречаемся две недели. Это моя мама, Оливия (он указал на женщину пятидесяти лет с сильными чертами). Остальных ты уже знаешь: мои сёстры Фабиана и Патриция, а также мой отец, Пауло Перейра.

Кристина потеряла дар речи. Что Клаудио наделал? Разве они не условились встречаться тайно? Кристина неловко всех приветствует. Клаудио приглашает её присоединиться к столу.

—Добро пожаловать в семью, Кристина. Я и мой муж одобряем ваши отношения. Ты серьёзная и воспитанная девочка. (Оливия)

—Спасибо. Я не ожидала вас всех увидеть. Клаудио решил устроить мне сюрприз. (Кристина)

—Я просто не смог больше выносить эту ситуацию. Мои родители имеют право познакомиться с моей любимой девушкой. (Клаудио)

Сказав это, Клаудио заключил Кристину в объятья и поцеловал её.

—Я уже сказала Кристине, что с удовольствием стану её свояченицей. К тому же, я восхищаюсь твоей решимостью и мужеством. (Фабиана)

—И я. Я желаю счастья вам обоим. (Патриция)

Пауло Перейра начал подавать коктейли. Кристина всё время была немного замкнута в себе, но всё же счастлива. Они болтали на разные темы, и она везде была в центре внимания. Всё хвалили её за её манеры и стиль. Кристина совсем потеряла счёт времени. После того, как каждый из членов семьи узнал её поближе, девушка попрощалась, и Клаудио провёл её до двери. Они обнялись и поцеловались на прощание. Такое отношение Клаудио показало ей, что его намерения были серьёзными и настоящими.

Покаяние

Этим прекрасным утром четверга Кристина пошла к Отцу Киаваретту. Она стояла в очереди из пяти человек. Девушка нервничала, беспокоилась и была полна сомнений. Она готовилась к покаянию дома, но это не помогло. На ум приходило только то, что она считала греховным: недомолвки, ошибки и недостаток осторожности. И даже сейчас она не была уверена, что расскажет Отцу всю правду. С другой стороны, если она этого не сделает, грех так и останется с ней. В монастыре, где она пробыла три года, монашки относились к этому со всей ответственностью. Очередь рассосалась. Кристина следующая. Она входит в исповедальню и становится на колени.

—Радуйся Мария, полна благодати.

—Зачата не во грехе.

—Покайся в своих грехах, дочь моя.

—Отец, я ношу с собой большой секрет. Уже на протяжении определённого времени я встречаюсь со сборщиком налогов Клаудио. Этот секрет убивает меня, Отец. Иногда я даже не могу спать по ночам. Но, если расскажу, я уверенна, что мои родители будут против этих отношений из-за их предвзятости. Что мне делать, Отец? Я не хочу расставаться с Клаудио, потому что люблю его.

—Дочь моя, ты должна рассказать всю правду. Только таким образом ты освободишь свою совесть от груза. Поговори со своими родителями и выскажи своё мнение. Если эта любовь настоящая, то, поверь, она преодолеет любые трудности. Я надеюсь, я помог тебе в принятии верного решения. Десять раз помолись Нашим Отцам и десять Марии.

Кристина благодарит Отца и идёт выполнять искупление. Она обдумает его совет.

Сплетница

Визит Кристины в дом Клаудио и их сентиментальное прощание на улице не остались незамеченными. Беатрис, соседка Клаудио, начала подозревать, что этот визит был не просто дружескими. После этого, она решила удостовериться в правильности своих подозрений и проследила за молодой парой. Правда была раскрыта. На минуту она застыла из-за страха перед реакцией майора и его жены. Однако, эта несправедливая ситуация не давала ей покоя. Желая восстановить справедливость, она всё-таки решилась пойти к майору. Она пришла, похлопала в ладоши, и Геруса отворила ей.

—Что Вам угодно?

—Я хочу поговорить с майором и его женой.

—Они в гостиной. Входите.

Беатрис быстро вошла в дом и стала перед хозяевами.

—Добрый день, Майор Квинчино и Госпожа Хелен. У меня к вам есть серьёзный разговор. Ваша дочь дома?

—Она пошла исповедоваться. (Хелен)

—Так даже лучше. Я хочу поговорить с вами о ней. Она тайно встречается с Клаудио, сборщиком налогов. Вот. Я сказала это.

—Что? Вы с ума сошли, женщина? Моя дочь хорошая девочка. Она бы не водилась с таким парнем. (Майор)

—Я не могу поверить в это. Я до сих пор хочу, чтобы она стала монахиней. (Хелен)

—Я могу уверить вас в правдивости своих слов. Я видела, как они целовались и обнимались своими собственными глазами. Я в этом уверена ровно настолько, как в том, что сейчас стою перед вами.

—Тогда она предала нас. Она ошибается, если думает, что останется с ним. Я не хочу смешивать своё имя и свою кровь с какими-то Перейра. (Майор)

—Я тоже не могу в это поверить. Я не позволю её выйти замуж. (Хелен)

—Ну что ж, я исполнила свою миссию Доброго Самаритянина. Не могу дождаться момента восстановления справедливости.

—Спасибо, что сообщили нам эту новость. Это Вам.

Майор поднимается и протягивает Беатрис пачку с купюрами. Счастливая женщина покидает коттедж с мыслью о том, что исполнила свою миссию.

Поездка в Ресифи

Майор был не в восторге от новых отношений своей дочери с обычным сборщиком налогов. Это, прежде всего, ранило его гордость, и он хотел как можно скорее покончить с этой досадной ситуацией. Он отправил письма мэру и Полковнику Рио Бранко с приглашениями в путешествие в Ресифи. Они втроём поговорят с Губернатором о бизнесе, политике и личных вещах. Организовав всё это, майор упаковал свои чемоданы. Завтра его ждёт поездка в Ресифи.

Солнце сегодня припекает пуще прежнего. Майор просыпается и сразу же идёт в ванную. Он входит в комнату и включает кран с холодной водой, которая начинает струится по его телу. Холодная вода немного успокаивает совесть, но его кровь всё ещё кипит. Он вспоминает маленькую Кристину. Она была нежной и хрупкой, как цветок. Однажды, играя с куклами, она пригласила присоединиться и его. Он неловко согласился. Кристина играла куклой мамочкой, а он куклой папочкой. Они долго имитировали разговоры и ситуации, которые обычно происходят в семьях. Кристина сказала:
- Моя кукла счастливая, потому что у неё есть такой замечательный папочка, как ты. Майор тогда ненадолго удалился, чтобы вытереть слёзы. Что случилось с этой маленькой чуткой девочкой? Как она смогла так их предать? Когда она родилась девочкой, он не отрицал своих двояких ощущений по этому поводу. Ведь самым удобным вариантом для было иметь сына, преемника в тирании, политической власти и социальной помпезности. Но со временем эта девочка доказала свою ценность и завоевала любовь всех членов семьи. Тогда он начал планировать найти хорошего жениха для своей дочери, который бы заботился о ней и стал его

преемником. До получения последних новостей, этот план имел все шансы на осуществление. Майор быстро выключает кран и покидает ванную комнату. Он хочет побыстрее воплотить свой план в действие.

Он идёт на кухню за завтраком. Затем здоровается с женой, делая вид, что не замечает дочери. Кристина берёт инициативу на себя и пытается заговорить с ним, но он отвечает горько и сухо. Поведение отца кажется ей странным, но она не говорит ни слова. Майор ест свой завтрак, сообщает женщинам о своём пятидневном отсутствии и уходит. По дороге он начинает разрабатывать план действий: сначала он пойдёт в полицейский участок, а потом сядет на поезд до Ресифи. Майор находится в состоянии беспокойства, тревожности и разочарования. В такой ситуации это и не удивительно, ведь кто-то мог предположить, что он станет тестем обычного государственного служащего. Он чувствовал опасение, поскольку не знал, какие плоды принесёт ему эта поездка. Предательство любимой дочки разочаровало его. Что ещё его ждёт? Он не знал. Через несколько минут он добирается до полицейского участка. Его ненависть выросла ещё больше. Кем возомнил себя этот ничтожный сборщик налогов? Родство с семьёй Матиас ему может только сниться. Семья майора покорила практически все земли к западу от Пескейры. А кем были эти Перейра? Обычной торговой семейкой, которая и близко не стояла с ними. Эти двое будут вместе только через его труп.

Наконец, майор входит в участок и идёт в кабинет Делегата Помпеу. Он кивает головой и начинает говорить.

—Господин Помпеу, у меня для Вас есть работёнка. Я хочу, чтобы Вы арестовали одного мужчину.

—Зачем? Кто этот мужчина?

—Это мужчина, который обесчестил мою дочь. Его зовут Клаудио. Он сборщик налогов.

—Клаудио? Он казался мне таким хорошим парнем.

—Я тоже так думал. Но он меня очень разочаровал своим поведением. Теперь он в числе моих врагов и должен отплатить за своё предательство. Я хочу, чтобы Вы немедленно его арестовали и не выпускали из тюрьмы до тех пор, пока я не прикажу.

—Хорошо, я сделаю это. Мой человек сегодня же его арестует.

—Это то, что я хотел услышать. Вы хороший друг, Помпеу. Если я стану мэром, то назначу Вас своим секретарём.

—К Вашим услугам, Сэр.

Они прощаются, и майор направляется к железнодорожному вокзалу. Поезд в Ресифи отправляется через несколько минут. Шаги майора становятся увереннее, и он чувствует себя гораздо лучше. Первый пункт плана выполнен. В течении короткого времени его противник окажется за решёткой. Кристина привыкнет к жизни без своего Клаудио. Майор начинает обдумывать второй пункт плана, о котором знают только он сам и Господь Бог. Он приходит на вокзал, покупает билет, здоровается с персоналом и садится на поезд.

В поезде он встречает Полковника Рио Бранко (Господина Энрике Сергейра). Он рад тому, что Полковник принял его приглашение. Майор садится возле него. Они начинают говорить о тех временах, когда были первопроходцами. Они вспоминают сопротивление туземцев и как им приходилось применять силу и жестокость, чтобы завоевать их земли. Тогда-то они и начали процветать. Майор Квинчино и Фермер Осмар завладели землями Мимозо, а Полковник Энрике Сергейра землями Рио Бланко – небольшой деревни к западу от Мимозо. Полковник вспоминает, как он обещал семье туземцев, что не сделает им ничего плохого. С тех пор утекло много времени, но майору с полковником казалось, что это было ещё вчера.

Поезд сигнализирует об остановке. Друзья выходят, чтобы перекусить. Они приходят в бар возле станции Пескейра.

—Что будете заказывать, джентльмены?

—Две чашки чего-то хорошего, что у вас есть, и тарелку с ростбифом. (Майор)

—Ну, Майор, Вы попросили меня приехать в Ресифи, но так и не объяснили причину.

—У меня есть некоторые планы, о которых я пока не хочу говорить. Мне нужно разрешить одно дело с Губернатором, а потом серьёзно побеседовать с Вами.

—Мне не ждать даже намёка?

—Нет. Я больше ничего не могу сказать.

Разговор стал более напряжённым. Они быстро доели закуску и вернулись в свой вагон. Поезд уже должен был отправляться. Внутри они встретили мэра. Майор был рад, что и он принял приглашение. Они сели в одно купе, чтобы поговорить о семье, звёздах футбола и женщинах. Во время разговора о семье майор описывал своих любимых женщин, жену и дочь, как самых лучших на земле. А полковник рассказывал о своём сыне, Бернарде, и дочери Карине, ярко описывая свои представления об их успешном политическом будущем. Мэр говорил, что, к сожалению, из-за бесплодности жены, у них нет детей, но он всё равно счастлив в браке. Во время разговора о спорте они расхваливали футбольные команды Спорт Ресифи и Наутико, которые, по их словам, были лучшими в штате. Во время разговора о женщинах майор говорил, что ему нравятся все типы дам. Полковник рассказал, что отдаёт предпочтение загорелым женщинам со стройными телами. Мэр сказал, что удовлетворён своей женой и не хочет никого другого, над чем остальные весело посмеялись. Во время разговора время прошло незаметно. Поезд сделал несколько остановок и вот, наконец они в Ресифи.

Трое мужчин покинули поезд и наняли транспортное средство, которое должно было довести их до дворца, что служил резиденцией правительства штата. В машине троица завязла разговор с водителем. Водитель рассказывал о Ресифи, его мостах, пляжах, речках, церквях и прочем. По его словам, люди в Ресифе были дружелюбны и гостеприимны. Майор не вникал в разговор, поскольку мысленно обдумывал свой план. Разговор с губернатором станет для него решающим. Машина останавливается перед дворцом. Здесь мужчины и выходят.

Они проходят несколько футов и входят в главные ворота. Внутри дворца их проводят до кабинета и сообщают, что губернатор скоро их примет. Они входят в кабинет. Губернатор уже здесь. Мэр делает вежливое представление.

—Это Майор Квинчино, успешный политический авторитет района процветающей деревни Мимозо. А это Полковник Рио Бранко (Энрике Сергейра), который также является важным первопроходцем региона Пескейры.

—Я слышал о Мимозо. С появлением железной дороги это место стало важным торговым постом Пернамбуку. Что до Вас, Полковник, я наслышан о Ваших больших достижениях. Для меня большая честь видеть вас здесь, в этой резиденции, которая представляет силу наших людей и гордость нашего штата. Чем я могу вам помочь?

—Майор расскажет Вам. Он пригласил нас приехать сюда, но так и не объяснил, зачем. (Полковник Рио Бранко)

—Это правда. Я хотел бы поговорить с Вами о следующих выборах Мэра Пескейры и, со всем уважением, попросить Вас, Сэр, поддержать мою кандидатуру в качестве преемника нашего дорогого друга Горацио Барбоса.

—Что? В Пескейре есть много полковников. Один из них и победит в выборах.

—Но ни у одного из них нету моего ума и политической власти. Я использую отличный инструмент для пыток под названием пресс. Им я наказываю своих врагов. Я больше не просто майор. Господин Горацио и Господин Сергейро, присутствующие здесь, могут подтвердить мои слова.

—Это правда. Майор Квинчино очень выделяется среди всех в Пескейре. Он является важным членом нашей системы «Полковников». И я, как Полковник Рио Бранко, полностью поддерживаю его.

—Я также поддерживаю его. Он один из первых первопроходцев земель в регионе Мимозо. Его отношение к туземцам сыграло важную и решающую роль. Только он сможет заменить меня на посту мэра.

—Если вы одобряете и поддерживаете его кандидатуру, то я не возражаю. Я поддержу майора в качестве следующего Мэра Пескейры.

Мужчины зааплодировали губернатору, после чего Майор втолкнул Полковника Рио Бранко в другую комнату. Сейчас у них будет личный разговор.

—Что Вы хотите мне сказать? Почему втолкнули меня в эту комнату?

—Мне нужно кое в чём признаться Вам, Сэр. У меня есть красивая дочь по имени Кристина, которую я хочу как можно быстрее выдать замуж. Я думал о возможных кандидатах, а потом вспомнил о Вашем сыне Бернарде. Он ведь Ваш полноправный наследник как в характере, так и в политических делах. Я думаю, что он будет прекрасной парой для моей Кристины. Что скажете? Будет здорово, если мы объединим наши семьи.

Сэр Энрике призадумался и ответил.

—Я тоже думал о женитьбе Бернарда. Приходит время, когда мужчине пора задуматься о том, чтобы остепениться и пустить корни. Но разве Ваша дочь не намеревалась стать монахиней?

—Нет, она бросила эту затею. Жена забивала ей этим голову, когда Кристина была маленькой. Сейчас она выросла и готова выйти замуж. Когда мы можем сыграть свадьбу?

—Полагаю, мы можем управиться с приготовлениями за месяц. Мы должны устроить большую вечеринку и пригласить ребят сотрудников нашей системы.

—Конечно. Всё для счастья нашей пары. Я не могу дождаться, когда по моему дому будут бегать внуки.

Они пожали друг другу руки и присоединились к мэру в офисе губернатора. Мужчины попрощались с наивысшим политическим авторитетом штата и направились к ближайшему отелю. Они собираются провести в столице Пернамбуку ещё два дня, чтобы поучаствовать в церемониях и насладиться красотой местных пляжей.

Возвращение домой

Три путешественника покидают отель и живописную столицу Пернамбуку. Они нанимают машину до железнодорожного вокзала. Они выходят из машины, покупают билеты и садятся в вагон первого класса. Мэр с Полковником Рио Бранко заводят беседу, но майор витает в своих мыслях и даже не прислушивается к их болтовне. Он представляет Кристину и Клаудио. Нет, они никогда не смогут быть вместе, потому что принадлежат к разным мирам. Он растил свою дочку не для того, чтобы она стала клерком в розничном магазине. Она заслуживает намного большего, ведь она дочь майора, наивысшего политического авторитета района Мимозо. Он представляет Клаудио за решёткой, и такие фантазии приносят ему удовольствие. Как он мог так его предать? Что руководило им, когда он посягнул на высокое? Сейчас он расплатится за собственное безумие. Майор представляет себе эту сцену и не чувствует никакого сожаления. Ведь он беспокоится о дочери и о её будущем.

Поезд покачивается, и майор возвращается к разговору со своими приятелями. Они обговаривают будущие проекты. Полковник Рио Бранко стремится через несколько лет сделать свою деревню городом и приобрести статус независимости от города Пескейры. Он мечтает стать мэром и похлопотать о хороших местах для своих друзей и семьи. Мэр делится своей мечтой покинуть политику и стать землевладельцем где-нибудь в глубинке возле Вила Бела. Он хочет выращивать скот и засаживать большие плантации. Денег, полученных обманом, вполне хватит на осуществление этого плана. Майор более скромен. Он хочет видеть свою дочь замужем и с детьми, а также рассчитывает на поддержку губернатором его кандидатуры в качестве мэра. Троица продолжает беседовать и подкрепляться едой и напитками, которые предложил им проводник. Время проходит незаметно, и вот они уже проезжает через главные города штата. Когда поезд останавливается в Пескейре, мэр прощается с компанией и сходит с поезда.

Оставшаяся дорога (пятнадцать миль) между Мимозо и штаб-квартирой проходит спокойно.

Майор и Полковник Рио Бранко проводят это время в тишине. Когда поезд прибывает в Мимозо, майор прощается и сходит. На его лице сияет улыбка. Он вернулся домой победителем.

Брак по расчёту

Майор приветствует станционных служащих и направляется к дому. По дороге он видит нескольких людей, но не обращает на них ровно никакого внимания, поскольку все его мысли заняты обдумыванием лучшего способа сообщить своим женщинам последние новости. Какой будет реакция Кристины? Что скажет его любимая жена? Первая предала его, связавшись с простым сборщиком налогов. Вторая до сих пор надеялась, что её дочь станет монахиней. Что ж, ему плевать. Он голова дома, и они подчиняться его решению. Ведь он служит на благо своей семьи. С этой мыслью майор открывает дверь и входит в гостиную. Здесь никого нету. Он зовёт жену и дочку. Они отвечают ему с кухни. Майор быстро идёт туда.

—Я вернулся с Ресифи. Не хотите обнять меня?

Кристина и Хелен тепло обнимают его. Семья обменивается приветствиями.

—У меня для вас хорошие новости. Я был удостоен чести говорить лично с самим губернатором.

—Я всегда знала, что ты великий человек. С тех пор, как встретила тебя, я знала, что ты мужчина моей жизни. Человек действия и успеха. Ты купил статус майора, мы переехали в Ресифи, а затем ты решил завладеть землями к западу от Пескейры. С тех пор мы достигли много. Я горжусь тобой, любовь моя. (Хелен)

Майор обнимает и целует свою жену, а Кристина взволновано наблюдает за этой сценой. Она хочет быть такой же счастливой, как её родители.

—Что у тебя за новости, отец? Я умираю от любопытства.

Майор с серьёзным и таинственным выражением лица просит их присесть.

—У меня есть две больших новости. Во-первых, губернатор поддержит мою кандидатуру на выборах нового мэра города Пескейры. И вторая новость не менее важная. Я запланировал отличную свадьбу для нашей Кристины. Твоим мужем будет сын важной персоны, Полковника Рио Бранко. Его зовут Бернард. Он одного с тобой возраста. Свадьба состоится через месяц.

Кристину обдало холодным потом, голова закружилась. Она правильно расслышала? Это хуже любого ночного кошмара.

—Что? Ты спланировал для меня свадьбу? Вот так неожиданность. Но, папа, я не готова к этому. Я даже не знаю этого парня, не говоря уже о любви. Извини меня, пожалуйста, но я не выйду за него замуж.

—Я тоже против этого. Я всегда мечтала, чтобы Кристина стала монахиней и до сих пор надеюсь, что она вернётся в монастырь. Брак не принесёт счастья нашей дочери.

—Всё уже решено. Ты думала, я позволю тебе водиться с Клаудио? Он не станет моим зятем даже в самой дикой фантазии. Я не для того тебя растил, чтобы сейчас вот так просто кому-то отдать. Насчёт любви можешь не волноваться. Ты привыкнешь.

Кристина начинает плакать. Он уже знал о них с Клаудио? Он ничего не говорил.

—Папа, я люблю Клаудио всем моим сердцем. Даже если я не буду с ним, я не смогу его забыть. Этот брак по расчёту принесёт мне только страдания и не закончится ничем хорошим.

—Чепуха. Всё будет хорошо. А Клаудио больше тебе не навредит. Я принял...кое-какие меры относительно его.

—Что ты сделал с ним?

—Я приказал Делегату Помпеу арестовать его. Теперь он пожалеет о том дне, когда посмел к тебе прикоснуться.

—Ты бессердечный монстр. Я ненавижу тебя!

Кристина уходит из кухни и запирается в своей комнате. Весь оставшийся день она будет оплакивать свою несчастную любовь.

Визит

Настал новый день, но Кристина так и не вернулась к жизни. Она только что проснулась, но продолжала неподвижно лежать на кровати.

Предыдущий день опустошил её. Этот брак по расчёту разрушит её мечты и разобьёт все надежды. Она думает о Клаудио и о том, как он страдает. Она пытается подняться с постели, но её ослабленное тело не слушается. Она пытается ещё, и с третьей попытки ей удаётся подняться. Она смотрит в зеркало и видит поникшую и порабощённую Кристину. Что с ней станет? Сможет ли она подавить отвращение к незнакомцу, который возьмёт её в жёны? Он разрушил прекрасную любовную историю. Но девушка пытается успокоить бурлящие мысли. Им двоим не должно быть стыдно. Это всё архаичная система, которая разрешает родителям организовывать брак для своих детей. Где же этот свободный дух Французской Революции? Его просто не было в Бразилии. Равенство и братство были также далеки от их общества. В мире, которым правили полковники и диктаторы, не было места для соблюдения человеческих прав.

Кристина отходит от зеркала и решает помыться. Может, холодная вода приведёт в порядок её нервы и самочувствие? С такими надеждами она идёт в ванную. Спустя двадцать минут она в самом деле выглядит лучше. Вода восстановила её силы. Девушка вытирается и надевает красивый наряд. После этого идёт на кухню за завтраком, где Геруса уже обслуживает её матери.

—Где отец?

—Он рано ушёл. Он хочет купить скот на одной из соседних ферм. А потом у него будет деловая встреча с Ассоциацией Жителей. (Хелен)

—Он до сих пор зациклен на идее выдать меня замуж?

—Он всё объяснил ещё вчера. Твоя свадьба состоится в следующем месяце. На твоём месте я бы смирилась с этим. Напрасно ждать, что он поменяет своё мнение.

—Тебе разве не жалко меня, мама? Этот брак не принесёт нашей семье ничего хорошего.

—Я не хочу спорить с твоим отцом. Наш брак длится так долго только потому, что я знаю, как быть осмотрительной и покорной. Если бы ты послушала меня и осталась в монастыре, то сейчас служила Господу нашего Иисусу Христу и не попала в такую ситуацию.

—Я не смогла бы жить твоей мечтой, мама. У меня есть своя жизнь. И есть куча других способов служить Господу нашему Иисусу Христу.

—Тогда и не спрашивай меня.

Остаток завтрака Кристина доела в тишине. Она поднялась и пригласила Герусу сопроводить её на прогулку. Служанка с готовностью согласилась. Они вышли из дома вдвоём, чтобы не вызвать подозрений у Хелен. За пределами дома Кристина говорит Герусе, куда они пойдут. Женщина соглашается, и они продолжают прогулку. Они направляются в полицейский участок, где Кристина надеется хоть на минутку увидеть её возлюбленного Клаудио. Мысли о тех зверствах, которые могли с ним сотворить, наводили холодный ужас. Она ускоряет шаг, чтобы поскорее увидеть любимого. Девушка не может забыть те моменты на горе и в Sucavão, где отдалась любимому почти без остатка. Отец может выдать её за другого, но это не убьёт ей любовь к Клаудио. Даже если бы она хотела этого.

Спустя какое-то время они приходят к участку. Кристина приказывает Герусе подождать её снаружи и направляется в офис делегата.

—Какое прекрасное утро, Мисс Кристина. Чем могу помочь?

—Я хочу поговорить с заключённым по имени Клаудио.

—Приношу извинения, но у меня строгое указание не допускать к нему посетителей. Сюда приходили его родители, но я не позволил войти даже им. Этому заключённому не разрешается иметь посетителей.

—Вы прекрасно знаете, что его арестовали незаконно. Если правительство или муниципалитет узнают об этом, у Вас будут большие проблемы.

—На самом деле, единственный представитель правительства, которого я знаю, это Ваш отец. Простите, но этот человек просто ужасен.

—Вы не понимаете меня. Я хочу увидеть его прямо сейчас. Вы откажетесь выполнять приказ дочери майора?

Делегат Помпеу подумал и решил не рисковать. Он позвал одного из своих подчинённых и приказал оставить Кристину с Клаудио наедине в закрытой комнате. Влюблённые обнимаются и обмениваются долгими поцелуями.

—Как ты? Они делают тебе больно?

—Меня избивают. Но это не так больно, как находится вдали от тебя. Обращаются и кормят здесь плохо, но я жив. Ты была права, Кристина, твои родители очень предвзятые люди.

Кристина кладёт руку на спину Клаудио и понимает, что ему больно от её прикосновений. По телу пробегает дрожь. Девушка начинает плакать.

—Почему всё это случилось? Почему два человека не могут быть счастливы и любить свободно? А те желания, которые мы загадали на горе? Они сбудутся?

—Верь в любовь и силу горы, Кристина. Надежда умирает последней. Мы пошли в пещеру отчаяния и преодолели все её препятствия и ловушки. Пускай и в нашем воображении. А пещера может исполнить любое желание.

—Да, это правда. Я часто представляю себе мир, где есть только мы вдвоём. Я твоя жена и у нас семеро детишек.

—А это выход. Ты не должна была рисковать и приходить сюда. Это место поглощает твою красоту. Я буду в порядке, не волнуйся. Если ты увидишь кого-то из моих родителей, передай им, что я скучаю.

—Я воспользовалась возможностью, потому что люблю тебя. Никогда не забывай об этом. Я буду молиться о твоей свободе Святому Себастьяну, храброму солдату.

—Спасибо Тебе. Я тоже люблю тебя.

Они обнимаются и целуются на прощание. Время вышло. Кристина покидает тюрьму, благодарит делегата и уходит. Геруса ждёт снаружи. Кристина даёт ей несколько указаний, и они возвращаются домой.

Избиение

Майор Квинчино на деловой встрече в здании Ассоциации Жителей. Он жестикулирует, выдвигает предложения и выслушивает жалобы членов ассоциации. Чин майора даёт ему право решать и говорить последнее слово. В середине собрания появляется Делегат Помпеу и просит несколько минут его внимания. Майор извиняется и идёт поговорить с Делегатом вне ассоциации.

—Что такого важного произошло, что Вам потребовалось отвлечь меня от встречи? Вы не могли подождать и поговорить позже? (Майор)

—Я должен проинформировать Вас, что Ваша дочь сегодня пришла в участок и требовала встречи с Клаудио.

—Что? Вы ведь не разрешили ей, правда?

—Кристина очень настаивала, и я не устоял. Она ведь ваша дочь.

—Что за непрофессионализм. Разве я не дал Вам чёткое указание не допускать к нему посетителей? Вас не уволят с работы только потому, что Вы способны служить обществу. С этого дня не пускайте к нему посетителей. Пусть хоть сам Папа придёт и попросит Вас. Моя дочь снова меня подвела. Что ж, пора принять серьёзные меры.

—Слушаюсь, Сэр. Спасибо, что не увольняете меня.

—Можете идти. Я услышал достаточно.

Майор прощается с делегатом и возвращается к ассоциации чтобы сообщить им о своём уходе. Некоторые члены жалуются, но ему всё равно. Ошеломлённый, он направляется к своему дому. В голове лишь спутанный клубок мыслей. Он вспоминает предательство дочери, и его кровь закипает ещё больше. С кем, по её мнению, она имеет дело? С добрым и любящим отцом? Сейчас она невинно сидит дома и даже не подозревает, что её ждёт. Он вспоминает реакцию Кристины на новость о браке. Успешность семьи и будущее дочери для него всегда в приоритете. Он преодолеет любые испытания, чтобы достигнуть своих целей. Даже если ради этого ему придётся потерять любовь и привязанность своей дочери. Она поймёт и простит его позже. Майор приходит домой и открывает входную дверь. Здесь Хелен.

—Где Кристина?

—Она отдыхает в своей комнате.

—Немедленно позови её. Я хочу поговорить с ней.

Хелена стучит в двери комнаты дочери и зовёт ей. Кристина отзывается и приходит к майору.

—Вот с тобой-то я и хотел поговорить. Зачем ты говорила с Клаудио? Разве ты не понимаешь, что у вас двоих нет будущего?

—Моё сердце приказало мне встретиться с ним и узнать, как его дела. Ты можешь заставить меня выйти замуж за другого мужчину, но чувства к Клаудио ты у меня не отнимешь. Наша любовь вечная.

—Ты пожалеешь, что пошла против моей воли. Я майор, наивысший уполномоченный авторитет этого региона, и даже ты, моя дочь, не можешь противостоять мне. Слушай внимательно: с этого дня ты будешь покидать дом только с моего разрешения. А сейчас я сделаю кое-что, чего не делал уже давно.

Майор вытаскивает кожаный ремень из своих штанов. Он быстрым движением хватает Кристину своей сильной мускулистой рукой. Девушка безуспешно пытается вырваться. Майор беспощадно наносит удары. Кристина кричит от боли и мать, Хелен, пытается её спасти. Майор угрожает ей, и она отходит. Он порет и порет Кристину, пока не решает, что уже довольно. Кристина, измученная и раненая, падает на землю. Хелен остаётся с ней, чтобы помочь, а майор уходит. Кристина плачет, но не от боли, а потому что узнала, что её отец бессердечный негодяй. Она не жалеет о содеянном и о своей любви к Клаудио. Она готова страдать ради того, что считает священным. Избиения и угрозы майора не заставили её перестать мечтать о настоящей любви. В конце концов, какой смысл в жизни, если нету надежды на счастье? Если потребуется, ради любви Кристина пожертвует своей жизнью. Хелен помогает ей принять душ и устроится в комнате. Девушка не в состоянии видеть кого-то и даже двигаться.

Кузина Герусы

На железнодорожный вокзал Мимозо прибыл человек. Это была кузина Герусы, Клемильда. Её рождение в Баии было овеяно мистикой. Она родилась во время племенного оккультного ритуала. С малых лет девочка проявляла удивительные способности общения с оккультными силами. Но мать опасалась таланта девочки. Она оставила дочку под дверями благотворительной организации. Её обнаружили сотрудники организации и стали растить как родную дочь. Но с тех пор, как Клемильду удочерили, в здании начали происходить странные вещи: разбивались зеркала и стёкла, без причины случались пожары, по крышам и окнам то и дело скреблись когти. В одном из таких пожаров девочка была единственным ребёнком, которому удалось выжить.

Институцию закрыли, а Клемильда снова стала сиротой. Затем её подобрал бомж. Девочке пришлось учиться мелким кражам ради выживания. Бомж обнаружил её талант и начал использовать его в собственных корыстных целях. В результате Клемильда выросла на обмане, воровстве и мухлеже с лотереей. Вскоре после смерти её бездомного наставника, девочка была свободна делать что угодно. Она была одна в Сальвадоре. Поэтому она решила написать письмо своей двоюродной сестре Герусе (которая регулярно её навещала и была единственным членом семьи, которого она знала) и рассказать о своей ситуации. Геруса пригласила её приехать в Мимозо, где работала служанкой в богатом доме. Клемильда охотно согласилась.

Она была здесь, на вокзале, полностью уверенна в своём намерении. Она приступит к выполнению своего плана, как только получит полный контроль над оккультными силами. Из Мимозо получится идеальное королевство несправедливости. А уж после Мимозо она захватит весь мир. Однако, чтобы это произошло, ей нужно нарушить баланс "противостоящих сил" и использовать это в своих целях. Для этого нужно совершить несколько шагов: наслать проклятие, исказить настоящую любовь и причинить кому-то боль и страдания. Когда все эти шаги будут позади, она сможет сначала подавить религию, а затем завладеть всей Мимозо.

Она проверяет адрес в письме и спрашивает дорогу у прохожего. Её мысли полны негативной энергии. Они крутятся вокруг разрушения, унижения и извращения. В своём чемодане она несёт оракул, который соединяет её с Богом Тьмы. Она вспоминает свой первый контакт с подземным миром и то счастье, которое после него испытала. С тех пор она вступала в контакт с оккультными силами много раз. Последнее сообщение Бога Тьмы оставило её в замешательстве. Но теперь она готова к действиям и созданию королевства несправедливости.

Она продолжает идти и вскоре видит красивый коттедж. В этом доме присутствует энергетика тоски и страдания. Клемильда чувствует эти флюиды и смеётся от удовольствия. Она ускоряет шаг и оказывается перед домом. Она хлопает и кричит, чтобы её услышали. Через несколько минут приходит Геруса и открывает дверь.

—Кузина Клемильда. Как я рада видеть тебя здесь.

—Я приехала недавно. У тебя есть место для меня?

—Пока нет. Это дом майора. Ты можешь поговорить с ним лично. Пожалуйста, входи.

Клемильда незамедлительно принимает приглашение. Она входит в дом (сопровождаемая Герусой) и идёт побеседовать с майором в гостиную.

—Господин Майор, это моя кузина Клемильда. Она приехала с Баии. Она хочет поговорить с Вашей милостью.

—Приятно познакомиться. Меня зовут Квинчино и, как Вы уже, наверное, знаете, я являюсь наивысшим политическим авторитетом этого региона. Чем я могу Вам помочь?

—Моя кузина Геруса пригласила меня приехать жить в Мимозо, поскольку я совсем одна в Сальвадоре. Я бы хотела попросить Вас, Сэр, найти мне хорошую работу и место для жилья.

—Что ж, один из моих домой ещё не занят, и, поскольку Вы кузина Герусы, я могу отдать его Вам. Что до работы, то пока что на ум ничего приходит. Но если я узнаю о хорошей вакансии, то сообщу Вам. На этом всё? Геруса даст Вам ключи от дома. На самом деле, это гигантский замок. Думаю, Вам понравится.

—Это всё. Спасибо.

Ведьма радуется приобретению жилья и уходит в свой новый дом. Завтра она приступит к воплощению своего жестокого плана.

"**Благословение**"

На следующий день после визита Клемильды все жители прекрасного коттеджа собралась за завтраком. Кристина избегает разговоров с отцом. Она до сих пор возмущена его поркой. Хелен и майор разговаривают свободно.

—Ты хочешь сказать, что парень не хочет прийти и познакомиться с нашей дочерью? Это ведь абсурд. (Хелен)

—Таково желание его отца. Он хочет придать свадьбе этой свадьбе немного таинственности. Жаль, что наша дочь не радуется своему выходу замуж. Я бы отдал что угодно, чтобы убедить её, как это здорово. (Майор)

—Забудь. Это невозможно.

Геруса подслушивает разговор и решает вмешаться.

—Я знаю, кто может помочь. Моя кузина Клемильда разбирается во взаимоотношениях.

—А это неплохая идея. Геруса, проведи мою дочь к дому Госпожи Клемильды. Если всё пройдёт успешно, ты будешь вознаграждена. (Майор)

—Я не пойду. (Кристина)

—А тебя и не спрашивают. Не заставляй меня снова применять порку. (Майор)

При воспоминании о наказании по телу Кристины пробегает дрожь. Она не хочет снова испытать это. Она соглашается пойти против своей воли. Девушка встаёт со стола и уходит с Герусой. Резиденция Клемильды находится через дорогу. Её Чёрный Замок можно увидеть, не покидая дома. Бегущий холодок по телу Кристина воспринимает как предупреждение. Но страх перед отцом побеждает. Лучше не сопротивляться. Они подходят к резиденции, и

Геруса стучит в дверь. Через несколько минут появляется Клемильда.

—Я ждала вас. Входите. Ты Кристина, верно?

—Откуда Вы знаете меня, мэм?

—Все знают тебя. Жители говорят о твоей красоте и хороших манерах. Что ж, проходи.

Геруса и Кристина входят. Дом пропитан негативной энергией. Предметы, которые ранее были использованы для оккультных ритуалов, Клемильда предусмотрительно убрала.

—Я привела сюда Кристину, чтобы ты помогла ей смириться с браком, который спланировал для неё её отец. Она вовсю сопротивляется этой идее.

—Что ж, я думаю, что смогу с ней поговорить. Кстати, в кухне собралось немного грязных вещей.

—Ты неисправима. Всегда пытаешься меня напрячь.

Геруса подчиняется и идёт на кухню. Клемильда начинает кружиться вокруг Кристины.

—Я вижу мужчину из твоего прошлого. Его зовут Клаудио, не так ли? Он молодой, сильный и привлекательный. Вы познакомились на работе, и с тех пор стрела амура прочно застряла в твоём сердце. Но он тоже не мог не заинтересоваться тобой. Ты молода, красива, умна и, ко всему, дочь влиятельного майора. А возможно ли, что твоя любовь вовсе не взаимна? Я с уверенностью могу сказать, что он преследовал собственные интересы: славу, амбиции и власть. Люди всегда ищут это. Любовь, которую ты так трепетно бережёшь, это всего лишь иллюзия.

—Тебе не удастся так просто меня убедить. Я знаю Клаудио, и наши чувства с ним вполне реальны. И мне для этого не нужно читать его мысли. Иллюзия – это свадьба, которую они для меня готовят.

—А ты не думала, что это был просто план? Ты не находишь странной эту внезапно завязавшуюся дружбу? Люди предсказуемы. Они всегда хотят быть на вершине, несмотря на чувства других.

—Твой ядовитый язык не запутает меня. Мне не стоило приходить сюда. Я немного дурно себя чувствую.

—Подожди, дорогая. Дай мне благословить тебя на счастливый брак.

Кристина не успевает вымолвить ни слова. Клемильда кладёт руку ей не голову и начинает говорить на непонятном языке. Девушка чувствует головокружение. Поток энергии вырывается из рук волшебницы в голову Кристины. Весь этот процесс длится больше тридцати секунд. Затем Клемильда убирает руку и зовёт Герусу. Кристина и служанка покидают резиденцию и возвращаются домой. Благословение превратило девушку в мутанта

Явления

После встречи с колдуньей Клемильдой, Кристина стала ощущать себя совсем по-другому. Обычные занятия, такие как вязание, чтение и работа, ранее приносящие ей удовольствие, теперь стали утомительными. Но чувства к Клаудио никуда не ушли. С девушкой стало происходить нечто странное. Вязание, которому она научилась ещё маленькой, больше не получалось у неё, и все линии казались бессмысленными. Во время чтения, страницы, казалось, сжигались лучами огня. В этот момент ей чудилось, что её глаза горят. Она чувствовала, что притягивает металлические предметы. Каждое подобное открытие тревожило её, и она задавалась вопросом, что всё это значит. Это проклятие? Кем она стала? Об этом нельзя никому знать. Она не хотела, чтобы её госпитализировали и начали проводить опыты.

Чтобы оградить себя от опасности, девушка прекратила общение с друзьями. Её социальная активность ограничивалась общению по работе. Она заметила, что эти приступы случаются в эмоционально неустойчивом состоянии и научилась контролировать себя. Для того, чтобы избавиться от проклятья, она прибегала к различным методам, но ни один из них не помог. Ожесточённая и злая, Кристина закрылась в своём собственном мире.

Новый друг

Практически единственной социальной активностью Кристины была робота, которую она выполняла каждые пятнадцать дней. Несмотря на это, она встречала новых людей и заводила друзей. Среди этих людей была девушка одного с Кристиной возраста. Её звали Роза. Их симпатия была взаимной и, каждый раз, встречаясь, они проводили время за разговором. За одним из таких разговоров Кристина пригласила её к себе в гости, и Роза с удовольствием согласилась. В день встречи Роза пришла к дому Кристины и похлопала в ладоши, чтобы её заметили. Геруса, служанка дома, открыла дверь.

—Чем я могу помочь?

—Я пришла поговорить с Кристиной.

—Минутку. Я позову её.

Через некоторое время пришла Кристина и пригласила её посидеть на крыльце дома. По её словам, это место было самым удобным и умиротворённым.

—Что ж, Кристина, я хочу узнать тебя получше. Ты рассказывала мне, что собиралась стать монахиней. Каковой была жизнь в монастыре?

—Я провела там драгоценные годы своей жизни. Монахини хоть и были строгими, но хорошо ко мне относились. Мы много молились, и это иногда наскучивало. Я всегда считала, что если человеческое существо хочет вступить в контакт с Богом, то для этого не нужно столько самоотверженности и преданности. Бог всевидящий и понимает все наши желания. Спустя какое-то время они поняли, что не видят во мне настоящего призвания, и исключили меня.

—То есть, ты покинула монастырь и вернулась к миру. Ты не жалеешь об этом?

—Смотря как на это посмотреть. Вообще нет. Однако, теперь, когда отец заставляет меня выйти замуж, я думаю, что уж лучше было остаться там. По крайней мере мне бы не довелось жить в мире, где родители выбирают будущее для своих детей.

—Ты когда-нибудь испытывала симпатию к парню? Или, может, была влюблена?

— В монастыре я повстречала сына садовника. Он пленил меня. Тогда я думала, что это настоящая любовь. Но он бросил меня. Наша любовь оказалась обычной страстью. Настоящие чувства я испытала к своему сотруднику по сбору налогов, Клаудио. Однако, мои родители сделали эти отношения невозможными. Теперь моя единственная надежда – это желание, которое я загадала на священной горе. Расскажи мне немного о себе. Ты когда-нибудь была влюблена?

—Как я уже говорила, у меня есть парень по имени Филипе. Он сын владельца склада. Мы оба любим друг друга и, может быть, однажды поженимся. Наши родители полностью поддерживают нас.

—Я завидую тебе. Ты даже представить не можешь, насколько сильно меня не понимают мои родители. Я так хочу быть обычной девушкой, а не дочерью властного майора.

По лицу Кристины катились слёзы, а подруга пыталась её утешить. Кристина была слишком незрелой для такого бремени за спиной. Девушка просто хотела быть счастливой. Но происходящее заставляло её хотеть исчезнуть или убежать. До рокового дня свадьбы с незнакомым мужчиной оставалось два дня. Видя, что её подруга больше не хочет говорить, Роза попрощалась и пообещала прийти в следующий раз. Их дружба помогала Кристине иногда вылезать их своего панциря и не чувствовать себя полностью покинутой.

День перед свадьбой

День свадьбы приближался, а Кристина чувствовала себя всё более возбуждённой. Она говорила со священником, со своей подругой, и даже сделала последнюю попытку убедить родителей отказаться от этой идеи. Но результатов это не принесло. Священник посоветовал ей сдаться и принять эту ситуацию. Но как она может это сделать? На кону её жизнь и её счастье. В монастыре её учили, что каждый человек свободен сам принимать решения и следовать своему предназначению. Её права находились под влиянием общества, в котором родители принимают решения за своих детей. Со своей подругой она обсуждала дальнейший поворот событий и их с Клаудио будущее. Выхода нет. Остаётся надеяться на священную гору и ждать чуда, которое вряд ли произойдёт.

Кристина прогуливается по террасе и наблюдает за небом. Она вспоминает моменты, проведённые на горе, и звёзды, которыми она любовалась вместе с Клаудио. Эти звёзды были свидетелями чувств, зародившихся тогда между двумя сердцами. Сердцами, которые были готовы любить друг друга, несмотря на социальные условности и запрет родителей. Девушка любуется небом и надеется, что мир станет справедливее к тем, что просто хочет любить и быть счастливыми. Она думает о Боге и о том, как Он чудесен. Она просит Бога исполнить их желания несмотря на то, что они не входили в пещеру и не завоевали у неё такой шанс. Она также просит дать ей силы, чтобы выдержать это мученичество до конца. Девушка испытывала настоящее разочарование в любви и, к тому же, превращалась в какого-то мутанта. Она выплакивает последние слёзы и идёт домой.

Трагедия

Вот и настал тот самый день. Кристина просыпается, но притворяется спящей ещё некоторое время, чтобы как можно дольше не сталкиваться с суровой реальностью. Кто знает, может, они забыли о ней, или, может быть, все события прошлых дней были лишь ночным кошмаром? Она хотела открыть глаза и увидеть её возлюбленного Клаудио. За него она хотела выйти замуж. За него, а не за этого незнакомого сына Полковника Рио Бранко. Она вспоминает каждую деталь, которая происходила с ней в Sucavão. Девушка как будто ощущает силу воды, мужественные объятья Клаудио, его запах. Она всё глубже погружается в мир грёз, пока, внезапно, чей-то голос не возвращает её к реальности. Это мать.

—Кристина, дочка, проснись, гости уже собрались. Ты забыла, что торжество будет проходить в восемь утра?

—О, Мама, имей же терпение. Я почти не спала всю ночь, думая об этой свадьбе.

Кристина капризно поднимается и идёт в ванную. Мать ждёт её в комнате. Девушка возвращается через двадцать минут и видит красивое платье, разложенное на кровати. Она осматривает его и, несмотря на всю грусть происходящего, находит его привлекательным. Мать помогает ей одеться и нанести макияж. Кристина подходит к зеркалу и видит хоть и красивую, но совсем разбитую версию себя. Она думает о том, что должно произойти, и о своём будущем с неизвестным мужчиной. Внезапно зеркало трескается и, с большим грохотом, разбивается. Кристина кричит. Хелен устремляется на помощь. К счастью, девушка не пострадала. Она почувствовала боль в груди и не могла понять, что же происходит. Девушка вспоминает свои повторяющиеся сны. Мать успокаивает её и говорит, что ничего страшного не произошло. Они идут в гостиную, чтобы познакомиться с семьёй жениха и встретить гостей. Майор берёт Кристину под руку и представляет её.

—Господин Энрике, это моя дочь Кристина. Не правда ли, она красавица?

—Да, она очень красива. Мой сын счастливчик. Сегодня мы объединим наши семьи, и это меня несказанно радует.

Кристина пытается выдавить из себя улыбку, чтобы не казаться неприветливой. Мать жениха тоже пытается быть милой.

—После свадьбы, если тебе понадобиться моя помощь, не стесняйся спросить. Женщины в нашей семье очень близки.

Карина, сестра жениха, тоже идёт на встречу Кристине чтобы похвалить её волосы. Майор и Хелен встречают всё прибывающих и прибывающих гостей. В 8:00 утра все идут на террасу, где будет проходить сама свадьба. Кристина, под руку с отцом, шагает к импровизированному алтарю. По дороге Кристина замечает много тревожных лиц. Она видит Мать Настоятельницу и монахинь из монастыря. Здесь также находятся её первые учителя и кузины из Ресифи. В общем, момент волнительный, и все находятся в предвкушении. Невеста приближается и видит жениха и Отца Киаваретту. Внутри неё внезапно поднимается гнев. Девушка начинает ненавидеть их лица. И почему этот Бернард согласился взять её в жёны? У мужчины ведь больше права выбора. Она выйдет замуж не по любви и будет несчастна всю жизнь. А Отец? Почему он согласился принять участие в этом фарсе? Церковь должна быть на её стороне и защищать её права, а не мириться с этой ситуацией.

Кристина смотрит на своего жениха. Гнев заполняет каждую клеточку её существа. Внезапно, из глаз девушки вырываются лучи света и бьют прямо в грудь Бернарда. Он падает, мёртвый. Среди гостей начинается переполох. Кристина опускается на землю.

—Она монстр! (Из толпы)

Дальше действия разворачиваются быстро. Охрана бежит, чтобы защитить Кристину от разъярённой толпы. Монахини поспешно крестятся, не веря своим глазам. Семья жениха требует, чтобы делегат принял какие-то меры по отношению к Кристине, но майор останавливает их. Наконец, Кристина спасена, и майор прогоняет гостей. Торжественную вечеринку отменяют. Брак по расчёту привёл к трагедии.

Чёрная туча

Трагедия случилась. Клемильда приступает к подготовке заклятия, которое повлияет на весь регион Мимозо. Три запланированных пункта наконец-то выполнено. Она наслала проклятие, разрушила настоящую любовь и сотворила трагедию. Теперь министерство зла готово к решительным мерам против христианства. Она подходит к котлу и помещает туда последние ингредиенты. Ведьма танцует вокруг котла, проговаривая фразы на неизвестном языке. Она останавливается и сильным, глубоким голосом говорит: - Чёрная туча, появись!

Большущее, чёрное, густое облако заполняет всё небо над Мимозо. Чёрная туча закрывает солнце и почти лишает деревню дневного света. Заклятье будет действовать каждый день после полуночи. Таким образом, власть колдуньи с каждым днём будет увеличиваться, а свобода действий расти.

Мученики

Сразу же после появления чёрного облака, ведьма приступила к действиям. Она наняла слуг, Тотоньё и Клейджи, для помощи в своих оккультных делах. Кроме того, она приказала им избавиться от представителей христианства в деревне. Первыми жертвами были Отец Киаваретту и Монах Нуньес, который часто посещал Мимозо. Некоторые верующие были обезглавлены, других посадили на копья и сожгли на костре. Закончив с убийствами, они принялись разрушать маленькую часовню, построенную в честь Святого Себастьяна. Не осталось практически ничего, кроме креста, который, несмотря на все попытки его уничтожения, сохранился в целости и невредимости. Он символизировал Христианство, которое до сих пор было живо и готово к действиям.

Когда с укоренением диктатуры было покончено, круг с "противостоящими силами" разомкнулся. Это привело к нарушению их баланса. Если ситуация будет продолжаться, Мимозо грозит исчезновение. Добрые силы в конце концов вытиснятся злыми. За этим может последовать непредсказуемая война, которая уничтожит оба мира.

Конец видения

Последовательность картинок замедлилась и, наконец, остановилась. Сознание вернулось ко мне. Я очнулся в той же позе с газетой в руке. Заголовок газеты гласил: Кристина, Юный Монстр.

Я смотрю на эти буквы, понимая, что заголовок совершенно не отвечает действительности. Ведь в том, что произошло, не было её вины. Кристина была всего лишь одной из жертв могущественной и жестокой чародейки Клемильды. Я вдруг осознаю, зачем победил пещеру и отправился в путешествие во времени. Всё это было частью плана по спасению Мимозо. Моя миссия заключается в том, чтобы воссоединить баланс "противостоящих сил" и помощь обладателю крика в пещере. Я был абсолютно уверен, что этот крик принадлежал прекрасной Мисс Кристине. Изувеченная, несчастная Кристина ждала меня. Мне нужно убедить её бороться на моей стороне во время поединка со злыми силами. Сейчас бы неплохо вспомнить все те уроки, которые преподала мне хранитель и пещера отчаяния, сделавшая меня Провидцем. Я готов встретиться с новым испытанием.

Я начинаю читать историю о Кристине. В ней написано, что девушка была монстром ещё с детства, и только тогда, на свадьбе, она показала всем своё истинное лицо. Я почувствовал, как во мне растёт смесь негодования и гнева. Как этим журналистам хватило храбрости опубликовать такое? Они воспользовались трагедией, чтобы распространить ложь. Кристина никогда не была и не может быть монстром. Её прокляла злая и развращённая ведьма. Хорошие люди должны были помощь ей и исцелить. Я продолжаю читать. По словам журналиста, Кристина была молодой бунтаркой, которую исключили из монастыря за плохое поведение. Я снова негодую. Я хочу разорвать эту газету на мелкие кусочки. Глупые журналисты. Они всё переврут, лишь бы заработать денег. Кристина была молодой послушной девочкой, которая пыталась исполнить мечту матери, и ради этого даже заперла себя в монастыре. Когда сёстры поняли, что у неё нет призвания, они выгнали её оттуда. Я больше не могу читать эту лживую статью.

Видение и так мне всё прояснило. Я положил газету обратно в ящик, где она лежала до этого. Я встаю и начинаю придумывать план действий. Мне нужно воссоединить "противостоящие силы" и помочь Кристине найти настоящее счастье. Я подхожу к двери и собираюсь её открыть.

Показание

Я открываю дверь и с удивлением вижу собрание людей в маленьком фойе отеля. Что всё это значит? Я подхожу ближе и спрашиваю:

—Что здесь происходит?

Помпеу, делегат, отвечает.

—Мы здесь, потому что против тебя было сделано серьёзное объявление. Тебе нужно пойти с нами, парень.

Делегат подзывает своих подчинённых с наручниками. Они надевают их на мои запястья, и я чувствую себя опозоренным рабом. Кармен пытается вмешаться, но делегат не слушает её.

—Это так необходимо? У меня чистая совесть.

—Мы выясним это в участке, сынок. (Майор)

Я подчиняюсь и начинаю идти. Покидая отель, я вижу большое количество людей, заинтересованных в том, что происходит. Что им нужно от меня? Разве я совершил преступление? Прибыв в Мимозо, я всеми силами пытался не привлекать внимания. И сейчас меня, закованного в наручники, ведут в полицейский участок. Я беспокоюсь о том, что скажу на допросе. Ведь я не могу рассказать им всю правду. Это поставит под угрозу всю мою миссию. Я должен защитить себя от обвинений, используя здравый смысл и ум. Я думаю о Клаудио и о том, как его бросили в тюрьму. Нужно попытаться избежать той же участи.

Спустя десять минут мы наконец прибываем в полицейский участок. Майор Квинчино и Делегат Помпеу идут со мной. Остальные остаются снаружи дожидаться решения. В офисе Делегата они снимают с меня наручники, и я чувствую облегчение.

—Что ж, присаживайтесь, Господин Провидец. Сейчас уже я буду задавать вопросы. Во-первых, как Вас зовут по-настоящему и откуда вы? (Делегат)

—Меня зовут Алдивен, и я с Ресифи.

—Если Вы с Ресифи, то что делаете здесь? Кто Вы по профессии?

—Я репортёр Столичной Газеты, и я приехал сюда за хорошей историей. Я уверяю Вас в моих наилучших намерениях. Я не преступник, и я не хочу причинить никому вред.

—Как Вы можете прокомментировать те неустанные допросы, которые устраивали жителям? Что на самом деле Вы делаете здесь?

—Это часть моей работы. Своеобразная стратегия для сбора информации. Если это всех так беспокоит, то, конечно, я прекращу.

—Как Вы, должно быть, уже знаете, Королева Клемильда выдала против Вас указ. Как Вы можете это прокомментировать? Вы являетесь её врагом?

—Я лучше не буду отвечать на этот вопрос.

—Что ж, тогда и у меня больше нету вопросов. Майор, может Вы хотите что-то спросить у этого парня?

—Да. Я хочу спросить, является ли он сторонником правительства и работает ли наших врагов.

—Нет, ни в коем случае. Несмотря на то, что я считаю теперешнюю систему достаточно несправедливой, я не люблю вмешиваться в политические дела.

—Что ж, Господин Алдивен, Вам придётся остаться в тюрьме на несколько дней на время, пока мы убедимся в достоверности Ваших слов.

—Я не останусь здесь. Это нечестно. Если Вы сделаете это, то я сообщу о Вас губернатору, с которым так же, как и Вы, хорошо знаком.

Майор и делегат были крайне удивлены моей реакцией и этой новостью. Они обсудили мои слова наедине и решили не рисковать. В конце концов, несмотря на протесты некоторых горожан, меня выпустили из участка. Мой план сработал.

Назад в отель

Покидая участок, я начинаю задаваться вопросом, почему люди в Мимозо так пассивно на всё реагируют. Ответ: они живут под диктатурой жестокой ведьмы и майора. Из-за страха перед правителями жители не могут сказать своё слово и вступить в борьбу. Я вспоминаю свой выбор между тремя дверьми, которые преграждали путь в пещеру. Они олицетворяли страх, неудачу и счастье. Там я научился контролировать свои страхи и противостоять им, несмотря на темноту, неожиданные повороты и подводные камни. Я также научился воспринимать неудачу как возможность ещё одной попытки. Я выбрал дверь счастья. Именно эту дверь люди не так часто выбирают. Многие находятся в плену у рутины, эгоизма, морали, стыда и своих мечтаний. Такие люди оступаются и боятся. Они даже не рискуют войти в пещеру и исполнить свои мечты. Так они становятся несчастными и лишёнными любви к самим себе.

Я думаю о себе и вижу людей, которые, даже не зная меня, разозлились из-за моего ухода из участка. В глубине сердец они уже осуждали меня и выносили мне приговор. Как часто мы делам так же? Как часто мы думаем, что мы правы и можем осуждать? Помните, что сказал Иисус: И что ты смотришь на сучок в глазе брата твоего, а бревна в твоём глазе не чувствуешь? Он сказал это потому, что все мы имеем недостатки. Поэтому мы не можем с уверенностью судить других. Только те, кто чистый сердцем и свободен от любого греха, может видеть всё ясно. Я в последний раз кидаю взгляд на этих бедных людей, которые, вместо того, чтобы разбираться со своими жизнями, судят других. Я прохожу мимо их и направляюсь к отелю. Я начинаю продумывать каждый пункт плана, который должен воссоединить "противостоящие силы" и помочь Мисс Кристине. Именно ей принадлежал тот крик в пещере отчаяния, и именно из-за него я начал это путешествие во времени. Это путешествие было частью моего духовного и человеческого преображения, а также должно было избавить Мимозо от страшной трагедии. Спустя пять минут я прихожу в отель. Ренато и Кармен ждут меня возле ворот. Они мои соратники в этой битве. Завтра нужно начать воплощать свой план в реальность.

Идея

Я просыпаюсь с первыми лучами солнца и дневным светом. Некоторое время я лежу неподвижно, поскольку ночка выдалась не самая лучшая. Я до сих пор вспоминаю ночной кошмар, который заставил меня проснуться. В этом сне я находился с молодыми людьми, которые обсуждали мою книгу. Я говорил о своих надеждах на её опубликование. Вдруг пришёл маленький демон, который начал доставать и страшить людей. Они начали разбегаться в стороны, и демон, у которого не было лица, воскликнул: Так ты обо всем знаешь!

На этом сон оборвался, и я проснулся посреди ночи, весь в поту. Что это значило? Мне нужно как-то изменить историю Мимозо? Я не был в этом уверен. Я знал наверняка, что у меня есть своё место во Вселенной, и если моей судьбой и призванием была литература, то я готов со всей страстью ей последовать. В конце концов, я бы не смог войти в пещеру, если бы мне не судилось стать Провидцем, который может перемещаться во времени, предсказывать будущее и постигать тайны сердец. С этой мыслью я поднялся с кровати. Я смотрю на всё ещё спящего Ренато и думаю, с какой целью хранитель настояла взять его в это путешествие. Он практически ни в чём не содействовал. Чем мне может помочь ребёнок? Этого я не знал. Я решил не зацикливаться на нём и пошёл в ванную, чтобы быстро ополоснуться. Вода мне поможет. Я вхожу, включаю воду и начинаю ощущать прилив сил. Я скучаю по своей семье. По матери и сестре, которые не верили в мою мечту. Чувство прощения наполнят моё существо, но вскоре я забываю об этом. В конце концов, именно я должен был верить в свой талант и призвание. Сейчас я должен очистить не только тело, но и свои мысли от всяческих излишеств, поскольку мне предстоит преодолеть много препятствий и трудностей. И выключаю кран и намыливаюсь.

На мою голову падает капля воды. У меня видение. Я начинаю путешествовать через отдалённые измерения. Я вижу себя на небе, обсуждающим с ангелами смысл жизни. Я слышу звон. Он запутывает меня ещё больше. Затем я разговариваю с Апостолом, который говорит, что Бог считает меня особенным. Он считает меня своим сыном. Где-то вдали я вижу Деву Марию, и она кажется мне такой же, какой я представлял себе её много раз: чистой и мудрой. Затем я вижу Иисуса Христа. Сидящим на троне. Во всей Своей Милости, он говорит мне быть хорошим и верить в свой талант. Все эти события произошли со мной меньше чем за секунду, пока капля воды падала мне на голову. Я вижу кран, стекающую по моему телу воду, и это возвращает меня к реальности. Я уже чистый, поэтому выключаю кран и выхожу из ванной. Я разочарованно замечаю, что Ренато ещё спит, поэтому энергично тормошу его, чтобы тот проснулся. Он встаёт и ворчливо направляется в ванную. Я иду на кухню за завтраком. Здесь все встречают меня с теплом, а Кармен подаёт закуски.

—То есть, вчера делегат так просто тебя отпустил? (Риванио)

—Мне удалось убедить его. У него не было оснований оставлять меня в тюрьме.

—Тебе повезло, парень. В этой деревне много несправедливости. Взять, к примеру, Клаудио. Его арестовали только потому, что он водился с дочерью майора. (Гомес)

—Это ужасно. Если бы только я мог сделать что-то для него...

—Лучше не пытайся. Майор запишет тебя в враги, и это станет началом твоего худшего кошмара. Методы, с помощью которых он расправляется с врагами, мягко говоря, не приятны. (Кармен)

Предупреждение Кармен оставило меня в размышлениях. Мне в самом деле стоит быть осторожнее. Майор и ведьма не самые добрые люди. Я находился на территории врага и должен был следовать его правилам, чтобы выйти победителем из игры. Разговор переключается на другие темы. Я доедаю свой завтрак, после чего Кармен зовёт меня поговорить с глазу на глаз.

—Что ж, сейчас время обсудить оплату вашего пребывания в отеле. У тебя есть деньги?

Я не ожидал такого вопроса. Однако, я привёз с собой определённую сумму. Я извинился, раскрыл чемодан и достал оттуда немного денег. Кармен взяла их спросила:

—Это что за деньги такие? Я никогда не слышала о "Реалах". К сожалению, я не могу принять их. Мне нужна национальная валюта.

Такой ответ Кармен застал меня врасплох. Я понял, что в 1910 году мои деньги не имели ценности. Я не знал, что ответить.

—Что ж, вижу, у тебя больше нету денег. Тогда тебе нужно найти работу, чтобы заплатить. Как насчёт того, чтобы поработать на майора в качестве журналиста?

—Не думаю, что это хорошая идея, но выбирать не приходится. Я поговорю с майором и попрошу у него работу.

—Это выход. Удачи.

Кармен целует меня на прощание и уходит. Её идея не так плоха. Я смогу встретиться с Кристиной и, кто знает, может быть даже пообщаться с ней.

Майор

Поговорив с Кармен и поразмыслив над её идеей, я решил действовать. Ведь часы тикают, а у меня осталось лишь две недели для того, чтобы восстановить баланс "противостоящих сил" и помочь Кристине. С этими мыслями я пошёл к себе в комнату, надел хорошую одежду и ушёл. Покидая отель, я обдумывал лучший способ вести себя с майором, поскольку он был сложным, предвзятым, гордым и властным человеком. Кристина и Клаудио стали жертвами его манеры действовать и мыслить. Так что мне нужно чётко продумать свои слова, чтобы не пополнить список этих жертв. Я продолжаю думать майоре и о тех трудностях, которые ему пришлось пережить в детстве. По всей видимости, с тех пор он ничему не научился, поскольку продолжал унижать и ранить людей. Жизнь сделала его сердце и душу жёсткими. Он не идеальный босс, но для выполнения плана мне необходима эта работа.

Я прекращаю свои размышления и ускоряю шаг. Я уже возле коттеджа. Я оглядываюсь вокруг и вижу только грустных и озадаченных людей. Я считаю, что жители Мимозо частично виновны в сложившейся ситуации диктатуры и несправедливости. Ими управляли ведьма и главный представитель Системы Полковников. Один из них запугивал людей чёрной магией, а второй использовал для этого силу власти. Но их можно было свергнуть большим массовым протестом. Этим людям не хватает инициативы и уверенности. Поэтому они продолжают жить в этой кошмарной ситуации. Силы добра решили действовать сами, поэтому и привели меня на ту священную гору. Там я встретил хранителя, молодую девушку, ребёнка, преодолел три испытания, вошёл в пещеру и исполнил свои самые сокровенные мечты. Прежде чем достичь своей цели, в пещере мне пришлось спасаться от ловушек и проходить опасные уровни. Я стал Провидцем и начал путешествие во времени, следуя за голосом, которого даже не знал. Это был голос Мисс Кристины, дочери майора. Майора, с которым мне сейчас предстоит встретиться, чтобы получить работу и заплатить Кармен. Я подхожу к коттеджу, где в саду меня встречает служанка.

—Чем я могу Вам помочь, Сэр?

—Меня зовут Алдивен. Я журналист. Я хочу поговорить с майором. Он дома?

—Да. Пожалуйста, входите. Он в гостиной.

Сердце выпрыгивает из груди. Я вхожу в этот прекрасный коттедж. Тревога и нервозность просто убивают меня. Я иду в комнату и приветствую майора.

—Что привело Вас сюда, Господин Провидец?

—Как Ваше Превосходительство уже, наверное, знает, я журналист. Может быть, Ваше Превосходительство нуждается в моих услугах? Я решил прийти сюда, чтобы пересмотреть свой контракт.

—Слушайте, я даже не знаю Вас, и я до сих пор не уверен, что Вы не шпион или не принадлежите к моим врагам. Я не думаю, что смогу помочь Вам.

—Я уверяю Вас, что мне можно доверять. К тому же, майору нужна помощь прессы, чтобы получить авторитет в обществе. Как говорится, медиа может создать человека.

—Под таким углом эта идея кажется мне более привлекательной. Давайте проведём эксперимент и посмотрим, что из этого выйдет. Но если Вы испортите мой имидж, то знайте, что я запишу Вас в список своих врагов. Может быть, Вы слышали, как я с ними расправляюсь. Это, скажу я Вам, не самая лучшая участь. Оплата будет достойной, не волнуйтесь.

—Спасибо Вам. Я обещаю, что не разочарую Вас. С чего начнём?

—Приступайте к работе как можно скорее. Я хочу, чтобы моё имя распространилось по всему Пернамбуку. Я хочу быть легендарным, и чтобы меня помнило ещё несколько поколений.

—Так и будет, Майор. Я обещаю Вам.

Я прощаюсь и ухожу. Теперь, когда один пункт плана был выполнен, я чувствовал себя более расслабленным и уверенным. Убедить майора было легко, поскольку он жаден до власти и славы. Я сыграл на его слабости, и это привело меня к победе.

Работа

Майор дал мне первое указание. Я начал работать над продвижением его имени. В основном, моя работа заключалось в том, чтобы повысить его репутацию путём распространения различной хорошей информации. На пример, о его действиях и великодушии к местному населению, а также усердной работе над кампанией продвижения в мэры муниципалитета. Такое задание совсем не нравилось мне, поскольку я был против идей майора и Системы Полковников. Но это был единственный вынужденный шаг к сближению с Кристиной. После случившейся трагедии девушка совсем закрылась в себе. Мой девиз: в конце восторжествует справедливость. Тема одной из первых новостных статей звучала так: майор помогает нуждающимся семьям. Я уточнил дату, рассказал о доброте и милосердии майора, а также добавил благодарности людей и поведал об их катастрофическом положении. Однако, самая важная вещь так и осталась нераскрытой. Я не упомянул, что корзины с едой были куплены на деньги с налогов. Взамен на этот акт милосердия майор призывал голосовать за его кандидатуру на пост мэра. Жест "доброты" был ничем иным, как игрой интересов, в которую так часто любили играть члены Системы Полковников. Сейчас я стал соучастником этой системы против своей воли. Я стараюсь не думать об этом и продолжаю работать. Моя следующая цель это встретиться с Кристиной и обсудить с ней её судьбу.

Первая встреча с Кристиной

Я собрал больше материала и решил ознакомить с ним майора. Мне нужно было его одобрение на опубликование работ. По дороге в коттедж я придумал несколько идей. Но, обдумав их хорошенько, я решил всё-таки не рассказывать их майору, поскольку такой жёсткий человек, как он, не любит соглашаться на предложения. Я подхожу к резиденции. Я хлопаю в ладоши. На пороге появляется прелестная девушка.

—Что Вам угодно, Сэр?

—Мне нужно поговорить с майором.

—Он не дома. Вы можете прийти в другое время?

—Без проблем. Могу я поговорить с Вами? Вы Мисс Кристина, не так ли?

—Да.

—Меня зовут Алдивен. Я репортёр Столичной Газеты. Я работаю с Вашим отцом.

—Ах да, отец говорил о Вас. Вы пишете статьи о нём, верно?

—Да. Но я заинтересован и в Вашей истории. Может быть, Вы уделите мне минутку, и мы поговорим?

—В моей истории? Я думаю, что она Вас не касается.

—Я настаиваю. Я смогу помочь Вам обрести себя. Дайте мне шанс.

Внезапно, наши глаза встречаются и формируют мысленную цепочку. За несколько секунд она узнала меня лучше. Она немного думает и решается.

—Хорошо. Я сейчас принесу для нас два стула, чтобы поговорить на крыльце.

Она входит в дом и вскоре возвращается с двумя стульями. Она садится напротив меня, и я могу ощущать запах её восхитительного душистого аромата.

—Что ж, Кристина, моё внимание привлекла новость, которую я недавно прочёл в газете Ресифи. В ней упоминается о трагедии и о Вашей личности.

—То, что там написано, правда. Эта новость облетела весь Пернамбуку. Я монстр! Я монстр! Я убила парня. Он был жертвой той ситуации в точности, как я. Теперь, после трагедии, я совсем одна, и все избегают меня. У меня больше нету друзей и даже Бога. Я на самом дне.

—Не говорите так, Кристина. Если Вы чувствуете себя виновной, то, пожалуйста, перестаньте. То, что случилось, было частью плана злых сил Клемильды. Именно они всё у Вас забрали. Даже Бога. Но если Вы не будете сидеть сложа руки, то сможете изменить ситуацию.

—Откуда Вы знаете это? Кто Вы?

—Если я сейчас попытаюсь объяснить, то Вы не поймёте. Я хочу, чтобы Вы знали, что в лице меня Вы обретаете хорошего друга на века. Вы больше не одна.

Кристину трогает моя искренность, и по её лицу струятся слёзы. Она обнимает меня и говорит, что её не хватало любви в последнее время. Я пытаюсь возобновить разговор.

—Расскажите мне о своей жизни в монастыре. Вы нашли там Бога?

—Да, нашла. Но мы можем найти Его везде. Он в воде бурлящего водопада; Он в пении птиц на рассвете и Он в любви матери, которая оберегает своего сына. Он внутри каждого из нас, и его необходимо непрерывно слушать. Когда я научилась его слушать, то поняла, что быть монахиней это не моё призвание. Я поняла, что могу служить ему и другими способами.

—Я восхищаюсь Вами и полностью поддерживаю. Как много людей посвящают свои жизни тем дорогам, которые для них не предназначены. Иногда это случается под влиянием родителей, общества или незнания как слушать свой внутренний голос, Божий голос. Я полагаю, Вы решили покинуть религиозную жить потому, что нашли любовь.

—Это так. Но сейчас я не хочу об этом говорить. Мне до сих пор больно вспоминать о трагедии и всех событиях, которые ей предшествовали.

Я уважаю её право на молчание и больше ничего не спрашиваю. Я прощаюсь и спрашиваю, можем ли мы поговорить в другой раз. Она отвечает положительно, и это делает меня счастливым. Моя первая встреча с Кристиной увенчалась успехом.

Возвращение в замок

После встречи с Кристиной, я принимаю решение ещё раз встретиться с колдуньей Клемильдой. Она должна знать, что добрые силы не дремлют, и что Министерству Зла скоро придёт конец. Думая об этом, я снова иду в ужасающий чёрный замок. Тотчас я начинаю чувствовать себя так же, как и в первый раз: дрожь, сбивчивое дыхание и учащённое сердцебиение. Что это за мистика? "Противостоящие силы" как будто кричат во мне. Я приближаюсь к замку, но тревожные и спутанные голоса отговаривают меня туда идти. Я сажусь на землю и пытаюсь привести свой ум в порядок, чтобы продолжить путь. Голоса очень настойчивы. Я вспоминаю уроки хранителя, испытания и пещеру. А также медитацию и то, как она помогала мне. Я собираюсь с мыслями, повторяю уроки и продолжаю путь. От замка Клемильды меня отделяет всего несколько шагов. Входная дверь открыта. Я бесстрашно вхожу в неё. Я больше не уделяю внимания ужасной обстановке этого места. Стойкий и решительный, я иду в зал, где встречаю Тотоньё, одного из слуг Клемильды. Он отправляет меня в комнату. Я вхожу в неё и в самом центре вижу Клемильду. Её голова покрыта капюшоном.

—Чем я обязана такой чести видеть Провидца во второй раз? Ты пришёл поздравить меня с успехом в работе, которую я проделала в этом деревенском местечке?

—Это здесь не при чём. Ты лучше меня знаешь, что нарушение баланса "противостоящих сил" угрожает не только Мимозо, но и всей Вселенной. Я хочу покинуть это место как можно скорее. Боль, которую ты причинила людям и, в частности, молодой девушке по имени Кристина, просто непомерна. Я подружился с ней и рад тому, что теперь могу рассказать ей о её предназначении.

—Я сомневаюсь, что ты сможешь убедить её стать уверенной, свободной от чувства вины молодой девушкой. Трагедия повлияла на её мысли и чувства. На счёт "противостоящих сил" ты полностью прав, но тебе не удастся так просто вышвырнуть меня отсюда. Я предлагаю сделку. Если ты убедишь Кристину измениться и в три разных дня преодолеешь три разные испытания, то будешь допущен к финальной битве. "Противостоящие силы" встретятся. Тот, чья сила победит, будет править вечно.

— Битва? Это не опасно? Если что-то пойдёт не так, Вселенная может исчезнуть.

— У тебя нет выбора. Принимай моё условие или проваливай. Ты в самом деле хочешь спасти Мимозо? Если да, то тебе придётся повстречаться с силой "Тьмы."

— По рукам. Я сделаю это.

Сказав это, я вышел из комнаты и направился в сторону выхода. Война между "противостоящими силами" скоро начнётся, и я главный герой в этом поединке. Я не знаю, что ждёт меня впереди, но я готов ко всему, чтобы восстановить баланс "противостоящих сил" и помочь Кристине.

Сообщение 11

После встречи с Клемильдой я понял, что нужно действовать незамедлительно и воплощать свой план в реальность. Войну между "противостоящими силами" объявлено, и мне отведена в ней главная роль. Я решил написать записку Кристине и пригласить её на ещё одну встречу. Я отдал её Ренато и попросил передать лично в руки девушки. Он подчинился. Спустя двадцать минут он вернулся с ответом. Я с осторожностью развернул бумагу, как будто боясь прочесть то, что внутри. На ней было написано следующее: встретимся в семь утра по дороге в Климерио. Я обрадовался положительному ответу девушки. Мои надежды на её выздоровление возросли. Кристина была важным игроком в битве против тёмных сил.

Дорога в Климерио

Настал день встречи. Я проснулся и обдумал подходящую стратегию, которую буду использовать при встрече. Я иду в ванную, моюсь, чищу зубы и иду на кухню за завтраком. Собравшись, я иду на встречу с Кристиной. Место, которое она выбрала для встречи, я знаю очень хорошо. Климерио находится к востоку от Мимозо. Не теряя уверенности, я начинаю идти к месту встречи. На часах было семь утра. Примерно в это время Кристина должна была покинуть дом. Я вспоминаю нашу первую встречу и надеюсь, что в этот раз она будет смелее. Но не стоило гадать. Ведь я был незнакомцем. Всего лишь незнакомцем, который, почему-то, знал много деталей из её жизни. Это, безусловно, очень повлияло на её мнение. Я рад тому, что сразу же представился её другом и так, как она была очень одинока, она приняла мою дружбу и прислушалась к совету. Сейчас я был готов к следующему, самому важному шагу.

Некоторое время я продолжаю идти в том же направлении. Наконец, я вижу фигуру Кристины. Я подбегаю к ней.

—Как ты, Кристина? Хорошо спалось?

—С тех пор, как произошла трагедия, я не могу спать хорошо. Мне снятся сны, в которых повторяются те же события. Я не знаю, как долго мне ещё так жить.

—Тебе нужно отпустить это, Кристина. Забыть о вине и раскаянии, которые причиняют тебе столько вреда. Мы должны жить теперешним и не оборачиваться назад на тяжёлое прошлое. Чтобы быть сильными и ходить с высоко поднятой головой, нам нужно стараться помнить только хорошее.

—Это просто слова. Боли всё ещё слишком много.

—Придёт день, и ты это преодолеешь, я уверен. Что ж, Кристина, а сейчас я хочу обсудить с тобой нечто серьёзное. Это касается ведьмы Клемильды, которая, с помощью злых сил, захватила Мимозо. Именно из-за неё произошла трагедия и остальные ужасные вещи в деревне. Я выступаю против неё, и я намерен закончить её правление. Сейчас мне нужно собрать вместе "силы добра". Что скажешь? Ты готова бороться со мной в этой битве?

—Я не знаю, готова ли. Клемильда ведь сестра Герусы. А Геруса была мне практически матерью. Я знаю, что она плохая, и я ни в коем случае не поддерживаю её. С другой стороны, она почти член семьи. "Противостоящие силы" запутывают моё сердце и порождают много сомнений.

—Я понимаю. Но я должен напомнить, что тебе отведена важная роль в этой борьбе. Перед тем, как принять остаточное решение, подумай о людях, о Христианстве и о себе.

—Я обещаю подумать об этом. Хочешь сказать мне что-то ещё?

Я задумался о том, готова ли она услышать больше. И решил рискнуть.

—Да, всю правду. Кристина, на протяжении многих лет я был молодым мечтателем, полным надежд. Однако, несмотря на все усилия, я не мог достигнуть своих целей. Три года своей жизни я провёл практически один: я не учился и у меня не было работы. Находясь на дне, я пережил кризис, который чуть не свёл меня с ума. Во время кризиса, я пытался приблизиться к Творцу, общение с которым приносило мне спокойствие и утешение. Но чем больше я настаивал, тем меньше ответов получал. В поисках исцеления и ответов, я решил обратиться к Дьяволу. Я пошёл на собрание, где мне пообещали исцеление и счастье. Взамен, я должен был сменить религию и делать то, что они скажут. В тот день и в назначенное время, когда я должен был вернуться на сессию, я получил знак, что Бог заботится обо мне. Он послал Ангела и предупредил, что мне не стоит ходить туда, потому что там я не найду продолжительного счастья и исцеления. Я последовал этому совету и решил не ходить на собрание. Я пошёл к доктору. Он сказал, что я переживаю небольшой нервный срыв. Я принимал лекарства, и вскоре мне стало лучше. Бог помог мне руками доктора. Как много раз Он делает такие вещи, а мы этого просто не замечаем. Во время кризиса я начал писать, чтобы развеселить себя. Эдакая терапия. Потом я понял, что у меня талант, которого никогда не замечал. Когда кризис закончился, я получил работу и вернулся в школу. В то же время сильное желание стать писателем и общаться с людьми росло во мне всё больше. Тогда-то я и услышал о священной горе Ороруба. Она стала священной после смерти мистического шамана. На её вершине есть магическая пещера, которую называет пещерой отчаяния. Если человек приходит с чистым сердцем и добрыми намерениями, эта пещера может воплотить его мечту в реальность. Так что я собрал свои вещи и решил попытать удачу на этой горе. Моя семья не одобрила этого порыва, но, тем не менее, я попрощался с ними и ушёл. Я верил в свой талант и потенциал. Я взобрался на гору и встретил там древний дух хранителя. Чтобы войти в пещеру я должен был преодолеть три испытания и, с её помощью, мне удалось это. Но на этом история не закончилась. Пещера отчаяния была не так дружелюбна с мечтателями. Каждый, кто пытался войти в неё до меня, в конце концов терпел неудачу. Но у меня была мечта, и я был готов пожертвовать жизнью ради её осуществления. Я решил войти в пещеру. Я начал идти по ней и, вскоре, столкнулся с первыми ловушками. Мне удалось обойти их, и я пришёл к трём дверям. Они олицетворяли счастье, неудачу и страх. Я открыл правильную дверь и продвинулся дальше. Затем, я сразился с ниндзя, который, с помощью своих навыков боевого искусства, пытался помешать мне. Но у меня получилось победить его. Дальше в пещере меня ждал лабиринт. Я вошёл в него и сразу же потерялся. Я использовал ум, и каким-то образом мне удалось найти из него выход. Затем я наткнулся на ряд зеркал. Этот уровень помог мне лучше осмыслить ситуацию и найти себя. Так я продвинулся ещё дальше. В конце концов, мне удалось пройти все уровни, и пещера согласилась вознаградить меня за это. Я стал Провидцем и отправился в путешествие назад во времени. Кроме того, в пещере отчаяния я услышал чей-то крик. За ним я и шёл. Это был твой крик, Кристина. И я здесь, чтобы помочь тебе.

—Так много информации. Или ты сумасшедший, или это я уже схожу с ума. Я слышала о пещере и о её магических способностях, но даже и не представляла, что кто-то способен войти в неё и победить её огонь. Я должна обдумать всё, что услышала.

—Спасибо, Кристина. Но не задерживайся. Моё время здесь истекает, и мне нужно выполнить свою миссию.

—Я обещаю ответить как можно быстрее. Мне пора возвращаться домой.

Я попрощался с Кристиной и вернулся в отель. Я сделал всё, что от меня требовалось. Теперь осталось лишь дождаться ответа. Мои надежды были в руках судьбы, и я не знал, чем это всё обернётся. Битва "противостоящих сил" скоро начнётся, и ответ Кристины станет решающим фактором.

Решение

Предвкушение войны между "противостоящими силами" породило во мне много сомнений. Я никогда не участвовал в подобных битвах, так что мой опыт будет первым и уникальным. Вместо того, чтобы облегчить свои сердце и душу, я направился к руинам часовни Святого Себастьяна, которые находились неподалёку. По дороге я задумался об испытаниях, с которыми мне предстоит столкнуться. Будут ли они такими же по сложности, как испытания в пещере? Но я готов сделать всё, что в моих силах, чтобы преодолеть эти трудности. Мои мысли роятся; я думаю о своей мечте и о каждом испытании, которое преодолею на пути к ней. Я задумываюсь о том, удастся ли мне найти коммерческого издателя для своей книги. Вложил ли я в неё достаточно, чтобы добиться успеха? Я знаю, что, хоть пещера и помогла мне, она не решит всех моих проблем. На это я и не рассчитывал. Я знаю, что пещера была всего лишь началом моей долгой и энергичной литературной карьеры. Но сейчас не время беспокоиться об этом. Ведь меня ждут дела и поважнее. Мне нужно воссоединить "противостоящие силы" и помочь Кристине обрести себя. С мыслями об этих целях я подошёл к руинам и прикоснулся к символу Христианства.

Я смотрю на распятие, которое совсем не изменилось и, прикасаясь к нему, начинаю понимать свою религию и её создателя. Он пожертвовал собой ради любви, которую мы не можем понять. Ради любви, которая была настолько большой, что могла творить чудеса. Именно это мне и было нужно: чудо.

Я должен был встретиться с неизведанными силами, которые подпитывались эгоизмом, пристрастиями, слабостями и человеческой ненавистью. С силами, которые способны разрушить человеческую жизнь. Я снова смотрю на распятие, и оно наполняет меня храбростью. Он был примером победителя. Он также был мечтателем, как я, и его учения покорили весь мир. Он научил нас любви и уважению. Это послание я проповедовал каждый день своей жизни. Я оглядываюсь и вижу всё, что меня окружает: людей, голубое небо, далёкие равнины, горизонт. Я не могу разочаровать их и себя. Со всей силой, что есть у меня в груди, я кричу:

—Я готов!

Земля начинает трястись, и в считанные секунды я чувствую себя оторванным от этого места. Это видео. Всё вокруг вдруг стаёт тёмным и пустым.

Пустыня

Я просыпаюсь и пытаюсь разобраться, где нахожусь. Вокруг меня лишь песок и небо. Как будто я посреди пустыни. Что я делаю здесь? Это такая шутка? В одно мгновение я был возле руин часовни (в Мимозо), и в следующее оказался в тёмном, пустом месте. Я начинаю бежать, высматривая людей. Может быть, мне удастся найти оазис или кого-то, кто подскажет мне, где именно я нахожусь. Несмотря на то, что я верю в присутствие ангела за моей спиной, чувство одиночества разрастается во мне с каждой минутой. В такие моменты думаешь, как важно иметь друзей или того, кому можно доверять. Деньги, социальное обеспечение, тщеславие, успех и победа становятся бессмысленными, когда тебе не с кем поделиться этим. Я продолжаю идти. По моему телу стекает пот, я голоден и хочу пить. Я заблудился точно так же, как тогда в лабиринте. И каков теперь порядок действий? Оазис может находиться где угодно. Я останавливаюсь. Мне нужно восстановить свои силы и дыхание. Я ещё не на пределе, но порядочно устал. Я вспоминаю о поднятии по лестнице к Святилищу Девы Нашей Милосердной, когда, держась за вспомогательный трос, я старался не отставать от экскурсовода. Поскольку я был всего лишь ребёнком, это поднятие стоило мне немалых сил. Взобравшись наверх, я наконец почувствовал под ногами твёрдую местность и мог не бояться падения с крутого хребта. Моя мать зажгла свечу и выполнила данное ранее обещание. Этот храм посещало множество туристов, поскольку здесь было замечено явление Девы Марии.

История была такой: в 1936 году, бандит по имени Виргулино Ферейра, "Фонарь", разъезжал со своей бандой по всей Пескейре и совершал зверства с местными фермерами. Мария-да-Луш спросила Кунсисанью о том, что она будет делать, если внезапно нагрянет Фонарь. Девушка ответила: "Ох, ну тогда я найду способ, чтобы этот злодей не смог причинить нам зла". Вот тогда, посмотрев на горный хребет, они увидели явление в образе женщины. Явление появлялось ещё несколько дней, и новость об этом облетела весь регион. Ватикан признал, что это Наша Дева Милосердная явилась в Пескейре и в пяти других местах по всему земному шару. Специальный дозор зарегистрировал явление только на американской стороне.

После спуска со святилища я чувствовал себя более уверенным и расслабленным. Таким я буду себя чувствовать, когда найду оазис. Я возвращаюсь к своей прогулке по пустыне. Один вопрос никак не покидает мои мысли: где же испытание? Я не хочу бесцельно бродить, не зная ответов. Раз уж я взобрался на священную гору, преодолел три испытания и вошёл в пещеру, то не мог не иметь плана и определённой цели. Сейчас же я просто плыл по течению, не зная своего направления. Я смотрю на небо и вижу несколько птиц. В голову пришла отличная идея следовать за ними, как я следовал за летучими мышами в пещере. Спустя тридцать минут я вижу озеро, где собрались все птицы. Моя надежда восстанавливается. Я возле озера и начинаю пить воду. Но её плохой вкус меня останавливает, и я решаю просто посидеть возле него, чтобы дать отдых моим ногам и ступням, которые устали от долгого путешествия. Спустя несколько минут чья-то рука дотрагивается до моего плеча. Я оборачиваюсь. Передо мной хранитель горы.

—Ты? Здесь? Я не ожидал.

—Сын мой, ты выглядишь немного усталым. Ты не хочешь пойти домой? Твоя семья очень по тебе скучает.

—Я не могу. Я должен исполнить миссию.

Это была та же женщина, которая отправила меня в Мимозо, чтобы восстановить баланс "противостоящих сил" и помочь Кристине.

—Забудь о своей миссии. Тебе не нужны силы, чтобы победить соперника. Помни, что даже твой господин Иисус Христос погиб на Христе за то, что ослушался Дьявола.

—Ты ошибаешься. Иисус Христос победил в этой битве, и крест символизирует его победу. Подожди. Ты никогда так не говорила. Кто ты? Внешне ты похожа на хранителя, но что-то я сомневаюсь в твоей реальности.

Женщина саркастично всхлипнула и исчезла. Это было просто видение, которое играло со мной. Нужно быть очень осторожным с ними. Я продолжаю сидеть возле озера. В голове нет ни одной идеи по поводу того, как выбраться из этой безграничной пустыни. Я чувствую только трепетание своего сердца, подёргивание ног и голос подсознания, который твердит, что все ещё не кончено. Что я пропустил? Я уже устал от этого испытания. Я всматриваюсь вдаль, и на горизонте вижу приближающуюся фигуру. Это всего лишь мираж? Нужно быть осторожным. Я приближаюсь и просто не могу поверить своим глазам. Человек хочет меня обнять, но я изворачиваюсь из-за недоверия.

—Ты в самом деле моя мать? Как ты оказалась здесь?

—Да. Хранитель помогла мне найти тебя. Ты ушёл, я начала волноваться и пришла на гору за тобой. Я нашла хранителя, и она указала мне путь.

—Подожди. Мне нужны доказательства того, что ты моя настоящая мать. Назови имя моего любимого кота и прозвище, которое дал мне мой племянник.

—Это просто. Имя твоего любимого кота Пешё, твоё прозвище Дядя Дживинья.

Ответ удовлетворил меня, и я обнял её. В этой пустыне мне не хватало кого-то знакомого.

—Что ты делаешь здесь?

—Я здесь, чтобы убедить тебя сдаться. В этой пустыне опасно. Давай, пойдём. Зря я разрешила тебе покинуть дом.

—Я не могу. Я должен исполнить миссию. Мне нужно восстановить баланс "противостоящих сил" и помочь Кристине. К тому же, мне нужно записать все эти события, чтобы потом начать литературную карьеру.

—Твоя миссия — это просто сумасшествие. Ты не сможешь победить тёмные силы и написать книгу. Сколько раз тебе повторять, что написание книг не принесёт никаких результатов? Ты бедный и неизвестный. Кто будет покупать их? К тому же, у тебя нету никакого таланта.

—Ты совсем не права. Я могу воссоединить "противостоящие силы" и исполнить свою мечту. Я не верю, что ты моя мать, несмотря на то, что она тоже меня не поддерживала. Я знаю, что у неё есть проблеск надежды, что я стану настоящим писателем. Если бы у меня не было таланта, я бы не вошёл в пещеру и не попросил её сделать меня Провидцем.

В этот момент моя мать стала человеком из света с огненными глазами. Я был немного шокирован, хоть и готов к такому повороту. Человек начал вращаться вокруг меня.

—Провидец, Сын Божий. Ты когда-нибудь задумывался о значениях этих имён? Ясновидение — это дар, который помогает человеку узнать будущее или иметь точное представление о том, что случится. У тебя нету этих навыков. Ты стал очень слабеньким ясновидящим. С твоей стороны очень самонадеянно думать, что ты сильный экстрасенс. А то, что ты называешь себя Сыном Божьим вообще глупая шутка. Разве ты не помнишь тех ошибок, которые совершил? И в частности те, что произошли здесь, в пустыне? Ты думаешь, Бог простил тебя? Как ты вообще смеешь называть себя Сыном Божьим? Как по мне, в тебе больше от дьявола, чем от Сына Божьего. Да, да. Ты Дьявол, как и я!

—Может быть я и не могущественный экстрасенс, но я получаю сообщения от Создателя. Он говорит мне, что у меня будет яркое будущее. Ведь я сам создаю его каждый день своей работой, учёбой и своими книгами. Что до моих ошибок, я знаю их, и я просил прощения. Кто не совершает ошибок? Я сосредоточился на том, чтобы стать новым человеком, и я забыл о своём прошлом. Эти сообщения являются прямым подтверждением того, что Бог считает меня своим сыном, и я точно уверен в этом. Ведь иначе он бы не спасал меня столько раз.

С глазами, полными слёз, я смотрю на мир и отворачиваюсь от своего обвинителя. Я издаю истошный крик.

—Я не Дьявол! Я человек, который однажды понял, что важен Господу. Он спас меня от кризиса и указал правильный путь. Сейчас я хочу остаться с ним и исполнить своё предназначение, несмотря на все препятствия и трудности, которые нужно будет преодолеть. Благодаря им я повзрослею и стану лучше. Я буду счастлив, потому что Вселенная тоже этого хочет.

Дьявол немного отступает и говорит:

—Мы встретимся снова, Алдивен. Война между "противостоящими силами" только начинается. В конце её именно я одержу победу.

Сказав это, он исчез. Спустя несколько секунд я снова оказываюсь на прежнем месте, возле руин часовни. Я решаю как можно быстрее вернуться в отель, чтобы отдохнуть и перевести дух. Я прошёл первое из двух испытаний.

Почитатели тьмы

На следующий день я прихожу к тому же месту, где был вчера. Подсознательно, мне кажется, что это ворота к остальным испытаниям. Когда я смотрю на руины и вижу их опустошение, моё сердце разрывается на части. Истинный путь был подавлен бездушной и извращённой ведьмой. Сейчас я должен настроить баланс "противостоящих сил" и восстановить мир, который был потерян в этом месте. Я настраиваюсь и повторяю вчерашнее действие. И я снова транспортируюсь. Я оказываюсь в незнакомом и тёмном месте, где проводится какой-то ритуал. Здесь находятся примерно десять человек, которые стоят по кругу и проговаривают слова на неизвестном языке. В середине круга на корточках сидит человек, а остальные поливают его голову какой-то жидкостью с невыносимым запахом. Через мгновение, на голове у человека вырастают два рога, а на его лицо становится страшно смотреть.

Он видит меня и встаёт. Он подходит, поднимает меч и даёт ещё один мне. Я нервничаю, поскольку не умею управляться с оружием.

Он призывает меня к битве и делает несколько движений мечом. Я пытаюсь блокировать его движения своим мечом и, каким-то чудом, у меня это получается. Он продолжает атаковать, а я защищаться. Я наблюдаю за его движениями, чтобы повторить их. Он быстр и обучен. Постепенно, я начинаю бить в ответ, и это застаёт его врасплох. Я раню его одним из своих движений, но он до сих невредим. Я решаю пойти в атаку. Я подхожу к нему так, чтобы он не заметил, и готовлюсь к финальному вызову. Меч помогает вывести его из равновесия и, сжав кулаки, я бью его со всей силы. Он падает на землю, без сознания. Я снова оказываюсь у руин часовни. Второе испытание пройдено.

Испытание искушением

Настал третий день. Я снова прихожу к руинам часовни. Я не могу дождаться третьего испытания. Что ждёт меня? Я не знаю этого, но чувствую себя готовым ко всему. Хранитель, испытания и пещера помогли мне обрести в себе уверенность. Теперь я Провидец, и я больше не боюсь. Спокойный и уверенный в себе, я повторяю вчерашнее действие. Дует холодный ветер, моё тело дрожит, голоса вторгаются в мысли. Затем моё сознание переносится в разум, и я слышу стук в двери. Я решаю открыть их. На пороге стоит освещённый белым светом человек, худой, с глазами медового цвета и терновым венцом на голове.

—Кто ты?

—Я Иисус Христос. Разве ты не узнаёшь мою корону? Они ранили ею мою голову.

—Что ты делаешь здесь, в моём мозгу?

—Я пришёл завладеть тобой. Если ты согласишься, я сделаю тебя самым могущественным и самым талантливым из мужчин.

—Как мне узнать, что ты тот, за кого себя выдаёшь? Я хочу доказательств.

—Это просто. Тебе двадцать шесть лет, ты тихий, милый и очень умный. Ты мечтаешь стать писателем, и именно ради этого ты совершил поход на священную гору. Ты встретил хранителя, молодую девушку, привидение, мальчика, преодолел три испытания и вошёл в одну из самых опасных пещер на земле. Ты уклонялся от ловушек и проходил уровни и, наконец, ты победил. Таким образом, ты исполнил свою мечту и стал Провидцем. Однако, пещера была лишь первым шагом к твоему духовному росту. Сейчас ты должен продолжить этот путь для меня.

—Так ты в самом деле Иисус Христос. Однако, я не знаю, удобно ли мне будет с твоим голосом. Тяжеловато привыкнуть к голосу, который постоянно направляет и говорит, что делать. Ты не можешь помочь мне с Небес? Так мне удобнее.

—Если ты не останешься здесь, то потерпишь неудачу. Принимай решение быстро: ты хочешь быть человеком или Богом? Если ты выберешь второй вариант, я сделаю так, что ты научишься летать, ходить по воде и творить чудеса.

—Я не верю этому. Мне снова нужны доказательства.

Я поворачиваюсь к пойме, где река проходит через Мимозо. Мне нужны реальные доказательства того, что только что произошло. Я прихожу к реке и делаю несколько шагов в воду. Пересекая реку, я нахожу доказательство его обмана. Меня водили за нос.

—Монстр! Ты не Иисус Христос! Убирайся из моей головы сейчас же, я приказываю тебе!

Человек превращается в существо с рогами и длинным хвостом. Вокруг него начинает кружиться сильный ветер, а затем этот же ветер выталкивает его за двери моего ума. Он исчезает и дверь закрывается. Моё сознание приходит в норму, и я чувствую себя лучше. Третье испытание обессилило меня, и я решаю побыстрее вернуться в отель. Сейчас мне нужно убедить Кристину и приготовиться финальной битве.

Тюрьма

В отеле меня встречает Делегат Помпеу со своими подчинёнными.

—Смотрите, кто пришёл. Именно Вас мы и ждали. Господин Провидец, Сэр, Вы арестованы. (Помпео)

—Как? В чём Вы меня обвиняете?

—Вы арестованы по приказу Королевы Клемильды. Это всё.

Подчинённые быстро надевают на меня наручники. Всё моё существо заполняют негодование и гнев. Силы Тьмы приняли последнюю меру, чтобы не дать силам добра восторжествовать. За решёткой я не смогу ничего сделать, и таким образом Мимозо сможет дальше погибать. Что случится с "противостоящими силами" и Кристиной? В этот момент я потерял все свои надежды. Они приказали мне идти, и я подчинился. По дороге в участок я осмысливал все несправедливости, которые случались на моём жизненном пути: плохо проверенный тест, негуманное обращение со стороны служащих, несправедливый суд и непонимание других. Во всех этих ситуациях я чувствовал себя одинаково: растоптанным. Я обращаю своё внимание на делегата и спрашиваю, не чувствует ли он раскаяния. Он говорит, что нет. Но если бы он не выполнил приказа, то точно потерял работу. Я понимаю его точку зрения и больше не задаю вопросов. Они снимают с меня наручники и сажают в клетку к остальным заключённым.

Свою первую ночь здесь я провожу полностью взаперти.

Диалог

За короткое время я знакомлюсь с другими заключёнными. Все они оказались здесь по разным причинам: один за воровство цыплят, другой за отказ платить налог, третий за то, что отказался голосовать за майора. Среди них и Клаудио. Я пытаюсь завести с ним разговор.

—Ты здесь долго?

—Да, уже долго. Я здесь потому, что майор узнал, что я встречался с его дочерью. А ты, почему ты в тюрьме?

—Ну, мы леди с Клемильдой немного недопоняли друг друга. Она втащила меня сюда с помощью своей тиранической силы. Но расскажи мне о своей истории. Ты так любишь эту девушку, что решил рискнуть ради неё стать врагом майора?

—Да, я люблю её. С тех пор как я встретил Кристину, я стал новым человеком. Я начал ценить вещи, которые на самом деле важны. Я бросил вредные привычки и дикости, к которым привык. Я не знаю, какой станет моя жизнь без неё.

—Я понимаю. Когда я встретил её, я тоже подумал, что она особенная. Это ужасно, что ей пришлось пережить такую трагедию.

—Я слышал о трагедии здесь, в тюрьме. Однако, я отказался верить в то, что женщина, которую я люблю, совершила убийство. Она не могла такое сделать. Её характер совсем не подходит под описание этого поступка.

—Она стала одной из жертв ведьмы Клемильды. Это существо нарушило баланс "противостоящих сил", и теперь это грозит всей Вселенной. Поэтому судьба послала меня на священную гору, где я встретил хранителя, молодую девушку, привидение и мальчика. Я преодолел испытания и был награждён правом войти в пещеру отчаяния, которая исполняет самые глубокие мечты. Уклоняясь от ловушек и проходя уровни, мне удалось дойти до конца. Затем пещера превратила меня в Провидца. Я начал путешествие во времени, следуя за криком, который услышал в пещере. Этот крик принадлежал Кристине. Я встретился с Клемильдой, и она дала мне три испытания, которые я преодолел. Сейчас остаётся лишь убедить твою возлюбленную помочь мне в финальной битве. Но сейчас я в тюрьме, и поэтому не могу ничего предпринять.

—Вот это история! Я слышал о пещере отчаяния и о её магических свойствах, но я и подумать не мог, что кому-то удалось победить её. Ты первый, от кого я такое слышу. Слушай, если тебе понадобится моя помощь, я всегда готов.

—Спасибо. А есть какой-нибудь способ выбраться отсюда?

—Его нет, прости. Ворота здесь очень крепкиt, а выход из здания охраняется.

Ответ Клаудио меня обескуражил. Что случится с "противостоящими силами", Кристиной и Мимозо? Пока я сижу здесь, в тюрьме, всё с каждым моментом становится всё хуже. Остаётся лишь молиться и надеяться на чудо.

Визит Ренато

Я только что проснулся с чувством, что всё ужасно неправильно, и настроение от этого совсем не улучшилось. Это место совсем не подходит для меня. Оно просто кишит негативной энергией. "Противостоящие силы" кричали во мне и были активны, как никогда. Немного позже к нам приходит один из охранников и открывает клетку, чтобы мы могли выйти на солнце. Я встаю в формирующуюся очередь. На протяжении недолгого времени мы гуляем и переговариваемся, а потом возвращаемся в клетку. Меня уведомляют о прибытии гостя. В сопровождении охраны я иду на встречу с этим человеком. Я вхожу в комнату и удивляюсь тому, кого вижу.

—Ты? Что ты делаешь здесь, мальчик?

—Я пришёл, чтобы помочь тебе. Сейчас самое время доказать тебе, что я могу быть полезным, и что хранитель не зря послала меня с тобой.

—Помочь мне? Как?

—Не беспокойся. Я уже всё спланировал. Когда всё произойдёт не думай дважды, а беги.

—Что ты собираешься сделать? Это не опасно?

—Я ничего не могу сказать. Просто делай, что говорю.

—Спасибо, но не стоит слишком ради меня рисковать. Ты всего лишь ребёнок.

—Я ребёнок, но я разбираюсь в человеческих сердцах. Я чувствую, что ты очень особенный человек.

Слова Ренато трогают меня, и я обнимаю его. Он был со мной практически на протяжении всего путешествия, и это сблизило нас. Я ощущал себя его отцом, но в данный момент именно он поощряет и утешает меня. После объятий мы прощаемся, и я возвращаюсь в клетку под присмотром охранника. Я нахожу Клаудио. Мы снова начинаем разговор. Спустя приблизительно тридцать минут после ухода Ренато, я начинаю чувствовать странный запах. Это дым заполняет корпус и все, включая меня, паникуют. Делегат отдаёт приказ открыть все клетки. В замешательстве, я вспоминаю слова Ренато и принимаюсь бежать из участка. Дым настолько густой, что никто меня не замечает. На выходе я нахожу Ренато, и мы бежим вместе. Мы возвращаемся в отель, где Кармен прячет нас в специальной комнате с подземным входом. Здесь я пробуду в безопасности до финальной битвы.

Третья встреча с Кристиной

Кристина наконец приняла решение, и сейчас искала встречи со мной. Она слышала, что меня арестовали, и именно это известие помогло ей решить быстрее. Она тоже устала от несправедливостей своего отца и злой волшебницы Клемильды. В какой-то мере она уже контролировала свои "противостоящие силы", и это стало первостепенным фактором в принятии решения. Она решила найти Кармен, хозяйку отеля. Она была уверена, что Кармен известно о том, где я нахожусь. Девушка пришла в отель, похлопала в ладоши и стала ждать ответа. На пороге незамедлительно появилась женщина.

—Вы Госпожа Кармен? Мне нужно поговорить с Вами, мэм.

—Да. Входите.

Кристина ответила на приглашение и вошла. Кармен пошла за чаем и пряниками и вернулась с обворожительной улыбкой на лице.

—Чем я могу помочь тебе, дорогая? (Кармен)

—Я ищу Алдивена, Провидца. Он был в тюрьме, но сегодня я услышала о его побеге. Вы не знаете, где он может находиться? Это очень важно.

—Понятия не имею. С тех пор, как его арестовали, я перестала поддерживать с ним связь.

—Это невозможно. Мне очень нужен он и Мимозо. Так что, всё так и останется по-прежнему? Как долго мы будем терпеть диктатуру Клемильды?

Слёзы струятся по лицу Кристины, и она впадает в отчаяние. Эта реакция трогает Кармен, и она идёт на встречу девушке.

—Если эта встреча так важна для тебя, то я могу помочь.

Кармен уходит из гостиной и зовёт меня прийти в комнату. Узнав, что Кристина хочет повидать меня, я с радостью прихожу к ней. Я направляюсь в сторону гостиной, в то время как Ренато остаётся в комнате, а Кармен идёт на кухню, чтобы приготовить обед. Увидев меня, Кристина подскакивает и бежит обниматься. Я отвечаю взаимностью. Мы садимся бок о бок.

—Так что ты решила?

—Я много думала о том, что ты рассказал, и я верю тебе. В монастыре я научилась распознавать, когда человек искренен.

—Я рад, что ты веришь мне. Но хочешь ли ты изменить свою жизнь?

—Да. И я хочу забыть о том, что случилось. Ты был прав, когда сказал, что я не виновна в трагедии. Это было проклятье. Злая ведьма наслала его на меня, когда коснулась моей головы. Я надеюсь, что Клемильду свергнут с трона, и что желание, которое я загадала на горе, сбудется.

—Я сделал это. Ты обрела себя. Ты больше не грустная и встревоженная. Я счастлив за тебя. Сейчас у меня есть право участвовать в финальной битве. Приближается встреча "противостоящих сил".

—Битва? О чём ты говоришь?

—Это сделка, которую я заключил с Клемильдой. Если я преодолею три испытания и смогу убедить тебя найти своё предназначение, то у меня появится право сразиться в битве. Это единственный шанс собрать "противостоящие силы" и снова восстановить их баланс.

—Я понимаю. Что я могу сделать? Мои новые силы смогут пригодится в борьбе.

—Я не знаю. Это очень опасно. Если с тобой что-то случится, Кристина, то я не смогу себе этого простить.

Несколько минут я обдумываю её предложение. Я задумываюсь, необходимо ли её присутствие на поле битвы. Ведь я ещё не знаю, какой будет это война.

—Хорошо, ты можешь прийти. Но ты должна стоять позади меня. Я защищу тебя от Сил Зла. А ты будешь прикрывать меня сзади с помощью своих сверх способностей.

—Спасибо тебе. Когда состоится битва?

—Завтра. Встретимся около руин часовни в 7:00 утра.

Я прошу Кристину никому не рассказывать о моём местонахождении. Она соглашается и уходит. Совесть немного грызёт меня за то, что я разрешил ей участвовать в битве, но уже поздно. Завтра состоится решающий поединок за судьбу Мимозо. Я буду участвовать в битве, которая навсегда изменит мою жизнь и, безусловно, жизнь Вселенной.

Призвание ангела

Я и Кристина приходим к точке назначения. Она спрашивает, почему я выбрал именно это место, и я отвечаю, что это ворота, где проходили мои предыдущие испытания. Я объясняю ей всё о "противостоящих силах" и текущем дисбалансе. После этого я прошу у неё тишины и начинаю призывать Ангела, который будет отличной помощью в битве.

—Война между "противостоящими силами " приближается. В этой битве материальные и нематериальные существа столкнуться лицом к лицу. Наша группа состоит только из двух людей: Я, Провидец, и ты, Кристина, девушка со сверх способностями. Нам нужна высшая сила, которая обеспечит неосязаемую безопасность. Поэтому мы просим Нашего Отца отправить Ангела для сопровождения и поддержки во время этой опасной войны. Судьба Мимозо висит на волоске, и поэтому силы добра должны быть полными.

Я повторяю молитву три раза. На последнем я чувствую, как моё сердцебиение учащается, а моё шестое чувство полностью обостряется. Мгновенье спустя, мои двери открываются, и я получаю разрешение увидеть тайны другого мира. Я вижу большую комнату королевского дворца. Двери открываются, и за ними стоят семь ангелов, которые вместе олицетворяет самого Бога. Один из них в руке держит бокал, в котором находится моя истинная молитва. Семь ангелов подходят к престолу Бога Вседержителя. Тот из них, кто несёт в руке чашу, выливает её содержимое в огонь по правую сторону от Отца. Раздаётся гром и какие-то отдалённые голоса. Дверь между двумя мирами открыта, и ангел входит в неё. Дверь закрыта и запечатана до его прибытия. В этот момент мои двери закрываются, и я возвращаюсь к нормальному состоянию. Я прихожу в себя и вижу Кристину, которая стоит на коленях перед ярко горящим Ангелом с длинными белыми крыльями. Своим светом он освещает всё вокруг. На его лице написано Царь Царей и Господь Господствующих. Кажется, что его ступни и ноги горят в огне, а его стройное тело лучше любой скульптуры. Несколько минут я просто стою и восхищаюсь его красотой. Он общается со мной мысленно. Он говорит мне успокоиться и поднять Кристину с колен, потому что у неё нет оснований поклоняться ему. Я подчиняюсь его просьбе и спрашиваю, что произойдёт. Он говорит, что не знает, и что встреча "противостоящих сил" непредсказуема. Он уверяет, что с ним мы будем в безопасности. С обновлёнными силами и небесной защитой я решаюсь прикоснуться к распятию. Я кричу со всей силы:

—Мы готовы!

Земля трясётся, небо темнеет, звёзды гаснут. Даже Вселенная чувствует эмоцию этого момента. Битва за будущее двух миров скоро начнётся.

Финальная битва

Обстановка продолжает меняться. Земля под ногами исчезает. Ангел должен дать нам силы, чтобы летать. На горизонте появляется разделяющая линия, которая служит силовым полем и мешает нам пройти. Настал момент. Наступает темнота, в которой появляется вампир и мужчины в масках. Клемильда находится с другой стороны. Она командует всем этим с упорством беспринципного политика. Битва начинается. Ангел и демон, Кристина и вампир, я и человек в маске. Поединок между нематериальными существами сложно себе вообразить. Двое из них двигаются с невероятной скоростью, и их удары чрезвычайно мощные. С каждым таким ударом оба мира содрогаются. Схватка между Кристиной и вампиром равная и сбалансированная по силе. Она использует лучи света, чтобы защитить себя от его атак. С моим противником нелегко. Мужчина в маске опасный боец. Я должен использовать все свои ясновидящие силы, чтобы противостоять ему. Битва между "противостоящими силами" только началась, но уже была безумно сложной.

Борьба продолжается, но состав соперников постепенно начинает меняться. Некоторые мужчины в масках падают от изнеможения, и я могу почувствовать себя свободнее. Поединки между ангелом и демоном, Кристиной и вампиром продолжаются на равных, но, мне кажется, что добро побеждает. За несколько минут мне удаётся полностью победить своих соперников. Я отдыхаю и осматриваю другие битвы. Я надеюсь на победу во всех их. Клемильда чувствует своё скорое поражение и пробуждает мёртвых со старого местного кладбища. При жизни все эти мертвецы тем или иным образом сбились с праведного пути. Теперь эта нежить мои соперники в битве. Среди них я узнаю старого Куалопу, чародея, из-за которого нация Шукуру чуть не вымерла. Он мой самый страшный противник, поскольку, как и Клемильда, он владеет темными силами. Перед началом битвы я пытаюсь вспомнить уроки хранителя, испытания и пещеру. Все эти шаги помогли моего духовному росту. Сейчас я буду использовать их, чтобы победить в битве. Поединок начинается. Живые мертвецы пытаются атаковать меня всем своим множеством. Я уклоняюсь от осады и начинаю атаковать сам. Я атакую с такой силой, что некоторые из них отрываются друг от друга. Куалопу начинает повторять безмолвную молитву. В этот же момент вокруг меня появляется светящийся круг. Я чувствую, что обездвижен. Другие живые мертвецы начинают атаковать меня. Я вспоминаю о том, как мне пришлось столкнуться с зеркалами. Они отражали пятнадцатилетнего юнца, который потерял отца, ребёнка и пожилого мужчину. Я решил, что ни один из этих людей не отображал меня самого: двадцатишестилетнего молодого человека, писателя со степенью в математике. Этот круг олицетворяет слабости, которые я одолел, когда вошёл в пещеру. Я думаю об этом и фокусируюсь на своих силах. Круг разрывается. Мне удаётся сразить большое количество мертвецов. Куалопу озадачен моими способностями. Я одолеваю его финальным ударом. Видя это, Клемильда паникует и применяет свою последнюю стратегию.

Пока Клемильда подготавливается, я наблюдаю за ходом других поединков. Добрые силы одолевают злые с видимым перевесом. Я радуюсь этому, это расслабляет и подбадривает мой дух. Я восстанавливаю силы для следующего поединка. Наконец, Клемильда принимает решение. Используя тёмные силы, она вооружает себя мечом и щитом. Ангел видит это и даёт мне такое же оружие. Начинается решающее столкновение. Я поражаюсь силам своего соперника. Она не просто любитель. Некоторое время я держу оборону, чтобы понаблюдать за её действиями. Я совсем расстраиваюсь, когда вижу, на что способна чародейка. Я собираюсь с силами и иду и контратаку. Моё действие приносит результат, и я возвращаюсь в битву. Следующий мой выпад разоружает её и оставляет без зашиты. Затем, чтобы уравновесить наши силы, я тоже избавляюсь от своей брони. Я хватаю её голыми руками, и мы измеряем наши силы. Она призывает дьявола, а я Иисуса Христа и его крест. В этот самый момент волшебница падает, поражённая. Демон и вампир исчезают, появляются солнце и земля. Ангел сияет ещё больше, чем прежде, и я слышу шум празднества, которое происходит в это время на Небесах. У меня получилось воссоединить "противостоящие силы" и помочь Кристине. Ангел прощается и тоже исчезает. Моё путешествие назад во времени увенчалось успехом, и я сделаю это ещё раз, если потребуется.

Конец властвования тёмных сил

С исчезновением Клемильды, чёрные тучи над деревней рассеялись, её приспешники разбежались, а Кристина была исцелена. Так Мимозо вернулась к нормальной жизни, и здесь снова восторжествовало Христианство. Чтобы отметить это, Кристина организовала празднество в здании Ассоциации Жителей. Я был главным гостем. На вечеринке было много репортёров, которые не переставали задавать вопросы.

—Господин Провидец, это правда, что Вам удалось спасти Мимозо от когтей злой колдуньи? Как это произошло?

—Я и мой боевой помощник Кристина были всего лишь инструментами судьбы. "Противостоящие силы" потеряли баланс, и моя миссия заключалась в том, чтобы его восстановить.

—Что Вы будете делать теперь, Господин Провидец?

—Я не знаю. Скорее всего, ожидать нового приключения.

—Вы женаты, Сэр? Кто Вы по профессии?

—Нет. Я пока сосредотачиваюсь на своих учениях. По профессии я административный помощник. К тому же, у меня степень по математике, и я писатель.

Меня продолжают засыпать вопросами, но я ускользаю от репортёров. Я хочу поговорить с Кристиной и узнать, как она. Она говорит, что забыла о трагедии, но по-прежнему беспокоится о Клаудио. Его арестовали, и она до сих пор не получила о нём ни весточки. Она ещё раз убеждает меня в своей любви к этому парню и говорит, что его невозможно забыть. Я утешаю её, пытаюсь развеселить и придать ей сил. Затем я прощаюсь с ней и возвращаюсь в отель.

Разговор с майором

Я не могу покинуть Мимозо, не сделав последнюю попытку помочь Кристине. Любовь Клаудио и Кристины заслуживает ещё одного последнего шанса. Я иду в резиденцию того самого властного и устрашающего майора, чтобы поговорить с ним в последний раз. Я прихожу, представляюсь и получаю возможность поговорить с Господином Квинчино.

—Господин Майор, я пришёл поговорить с Вами о Вашей прелестной дочери Кристине. Я только что общался с ней и понял, что она страдает. Почему Вы не хотите дать шанс их любви со сборщиком налогов Клаудио? Разве Вы не видите, что он подходит Вашей дочке?

—Не суй свой нос в наши семейные дела. Я не для того растил свою дочь, чтобы какой-то сборщик налогов стал моим зятем.

—Я не сую свой нос. Она мой друг, и я желаю ей счастья. Ваше Превосходительство отвергает Клаудио, потому что он бедный и простой. Но разве Вы позабыли о своём бедном детстве в Масейо? Ваше Превосходительство тоже было простым. В человеке важны его талант и харизма. Наш социальный статус не определяет нас. Мы то, что мы делаем.

Мой ответ застаёт майора врасплох. Из его глаз вытекают настойчивые слезинки, которые он стыдливо вытирает.

—Откуда ты это знаешь? Я никому не рассказал об этой тёмной стороне своей жизни.

—Вы вряд ли поверите мне, если я скажу. Проблема в том, что Вы ведёте себя несправедливо по отношению к Кристине, лишая её истиной любви. Разве Вы не видите всего объёма трагедии, которую спровоцировали браком по расчёту? Эта система не работает.

Майор задумывается и отвечает.

—Хорошо. Я разрешу этим двоим встречаться и пожениться, но не хочу видеть их рядом с собой.

Моя дочь так и останется главным разочарованием моей жизни.

—А как насчёт Клаудио? Вы отпустите его?

—Да, сегодня.

—Майор, и ещё одна вещь. Я покинул пост журналиста. Я больше не могу лгать о Вас людям.

Майор начинает корчиться от гнева, но я уже направляюсь к выходу. Я ухожу довольным и с чистой совестью. Я выполнил свою роль. Сейчас судьбе остаётся лишь воссоединить два любящих сердца.

Прощание

Наступает момент освобождения Клаудио. Он уже ждёт своих друзей и свою возлюбленную Кристину за пределами полицейского участка. Все были взволнованы этим событием. В участке Клаудио подписывает последнюю бумагу на освобождение.

—Я закончил, Делегат Помпеу. Я могу идти? Это время было ужасным и мучительным для меня. Я хорошо помню тот день, когда Ваши служащие закрыли меня здесь. Тот день был худшим в моей жизни. (Клаудио)

—Ты можешь быть свободен. И не заигрывай больше с девочками.

—Меня арестовали из-за диктатуры, и Вы знаете это, Сэр. Разве любить – это преступление? Я не могу контролировать своё сердце.

—Ну, я тебя предупредил. Солдат Пейшоту проводит тебя до выхода.

Клаудио выходит, и солдат следует приказу делегата. На выходе Клаудио останавливается, чтобы попрощаться с тюрьмой. Затем он смотрит на небо, как будто взглядом хочет обнять всю Вселенную. Он возвращается к жизни, и это приносит ему чувство свободы и счастья. Спустя мгновенье его уже обнимают друзья, и Кристина тоже ждёт своей очереди. Они обнимаются и не могут оторваться от поцелуя.

—Моя любовь! Ты свободен! Мой отец разрешил нам встречаться, и теперь мы можем быть счастливы. Гора в самом для священная. Она исполнила наши желания (Кристина)

—Это правда? Я не верю этому! Мы можем быть вместе и растить детей? Благословенная гора. Я не ожидал такого чуда.

Влюблённые никак не могут наговориться. В этот момент прихожу и я. Наступило время моего отъезда.

—Как прекрасно видеть вас вместе и счастливыми. Я думаю, что теперь могу спокойно вернуться в своё время.

—Тебе правда нужно уходить? Как жаль! Мы восхищаемся твоими усилиями и решимостью. Я никогда не забуду то, что ты сделал для нас с Клаудио. Спасибо тебе!

—Я тоже буду скучать по тебе. Я ближе узнал тебя в тюрьме, и я думаю, что ты заслуживаешь всего самого лучшего в жизни и в целой Вселенной. Удачи! (Клаудио)

—Кристина, перед тем, как уйти, я хочу попросить тебя об одной последней вещи. Могу ли я опубликовать книгу с твоей историей?

—Да, но с одним условием. Я хочу дать ей название.

—Хорошо. Какое?

—Она будет называться "Противостоящие силы".

Я одобряю просьбу Кристины и в последний раз обнимаю их. Эти люди были важной часть моей истории. Со слезами на глазах, я поворачиваюсь и иду в отель. Я соберу свой чемодан и покину это время. По дороге я вспоминаю все те приключения, которые произошли со мной в этом деревенском местечке. Все они повлияли на мой духовный и моральный рост. Сейчас я открыт для новых приключений и перспектив. Медленной походкой я прихожу в отель. Я ещё раз прощаюсь со всем, что меня окружает, и понимаю, что никогда не смогу это забыть. Всё это навсегда останется в памяти, как воспоминание о моём первом путешествии во времени. Путешествии, которое изменило историю маленькой деревни под названием Мимозо. Эти мысли наполняют меня счастьем и радостью. Я прихожу в отель и иду в свою комнату. Ренато спит. Я бужу его. Мы упаковываем свои чемоданы и идём на кухню, чтобы попрощаться с Кармен.

—Госпожа Кармен, мы покидаем это место. Я хочу поблагодарить Вас за Вашу помочь со сведениями о трагедии Мимозо. И спасибо Вам за Ваше гостеприимство и терпение.

—Я тоже хочу поблагодарить тебя за всё то, что ты сделал для Мимозо. Мы жили как в тюрьме, а ты пришёл и освободил нас. Я надеюсь, что все твои мечты сбудутся.

—Спасибо Вам. Ренато, попрощайся с Госпожой Кармен.

—Вы были мне как мать на протяжении всего этого времени. Мне очень нравилась Ваша еда и Ваши советы.

Троица обнимается. Эмоциональность этого момента трогает меня до слёз. Вот и настал конец нашего путешествия. Госпожа Кармен навсегда останется в моём сердце. Закончив с объятьями, мы идём к двери и машем ей руками. Нам нужно вернуться к тому же месту, где тридцать дней назад началось это путешествие.

Возвращение

Мы выходим из отеля. Я бросаю последний взгляд на то место, которое было мне домом на протяжении тридцати дней. Именно здесь у меня случилось видение, которое пролило свет на историю города и помогло мне избавить его от страданий. Это видение помогло сбыться мечтам всезнающего существа, Провидца. Теперь у меня чистая совесть, потому что я исполнил миссию, порученную хранителем. У меня получилось восстановить баланс "противостоящих сил" и помочь Кристине обрести счастье. В конце концов, в Мимозо снова восторжествовало Христианство, и верующие снова могли поклоняться своему Создателю. К сожалению, у меня нету времени, чтобы насладиться проделанной работой. Но духовно я всегда буду с Мимозо. Я смотрю на Ренато и понимаю, что он тоже сыграл важную роль в выполнении этой миссии. Если бы не он, я бы не смог войти в контакт с Кристиной и выбраться из тюрьмы. Взять его в путешествие действительно стоило.

Мы продолжаем идти и вскоре добираемся до подножия священной горы Ороруба. Здесь я встретил хранителя, привидение, молодую девушку и ребёнка. Я преодолел испытания и вошёл в самую опасную пещеру мира. Внутри неё я смог обойти все ловушки и пройти все уровни, чтобы исполнить свою мечту стать Провидцем. Без всех этих шагов я бы не смог совершить путешествие во времени. Сейчас я здесь, у подножия горы, счастлив и готов к новому приключению. Я так задумался, что не заметил маленькую руку, которая пыталась привлечь моё внимание. Я обернулся. Это был Ренато.

—А что теперь будет со мной, Господин Провидец?

—Ну, я верну тебя хранителю, которая позаботиться о тебе, ведь так?

—Пообещай, что ты возьмёшь меня с собой в следующее путешествие. Мне понравились эти тридцать дней в Мимозо. Впервые в жизни я чувствовал себя полезным и важным.

—Я не знаю. Только если в этом будет сильная необходимость. Посмотрим.

Мой ответ не удовлетворил Ренато, но я не зацикливаюсь на этом. Возможно, впереди меня ждут новые испытания, но я не хочу загадывать наперёд. К тому же, я ещё ничего не знаю о судьбе книги, которую хочу опубликовать. От неё зависят мои будущие приключения. Я осматриваю природу вокруг: серые облака, чистый воздух, богатая растительность и горячее солнце. За семь дней, проведённых на вершине горы, я научился ценить и уважать то, что нас окружает. Ведь когда мы забываем об этом, то и оно отвечает нам негативом. Примеров такого двустороннего отношения хватает: природные катастрофы, глобальное потепление и нехватка природных ресурсов. Если мы ничего не предпримем, то конец может быть близок.

Ренато и я поднимаемся на вершину горы и возвращаемся к той же точке, где начали путешествие. Я сосредотачиваться, чтобы создать вокруг нас круг света. Мы начинаем замедляться. Для того, чтобы вернуться в будущее, необходимо сделать противоположное тому, что мы делали, когда путешествовали в прошлое. Дует холодный ветер, сердцебиение ускоряется, гравитационные силы теряют мощь.

Мы начинаем обратное путешествие. Круг света расширяется, и года начинают идти один за другим: 1910, 1920, 1930, 1940, 1950, 1960, ... 2010. Когда мы достигаем нужного года, круг распадается, и мы падаем на землю. Я поднимаюсь и вижу хранителя. При одном взгляде на неё я чувствую себя счастливее.

—Что ж, вы уже вернулись. У тебя получилось восстановить баланс "противостоящих сил" и помочь девочке, этому Божьему Дитю?

—Да. Путешествие прошло успешно, и мне удалось переосмыслить некоторые вещи. Без пещеры этот успех был бы невозможен.

—Пещера — это лишь первый шаг на твоём пути. Она будет служить тебе опорой для роста и обучения. Провидца по-прежнему ждёт много испытаний. Будь мудрым и осторожным в своих решениях.

—Что ж, я возвращаю тебе Ренато. Ты была права, когда отправила его со мной. Он мне помог. К тому же, я хочу поблагодарить тебя за всё внимание и самоотверженность по отношению ко мне. Без твоих уроков я бы не смог стать Провидцем.

—Благодарить ещё рано. Ты вернёшься в это священное место, когда будет необходимо. Тогда я приду и укажу тебе путь. Прежде всего, запомни: если с умом использовать любовь и веру, то можно творить чудеса. Во время сомнений или в тёмный час твоей души, Бог и эти две силы всегда помогут тебе. Они освободят тебя.

Сказав это, хранитель исчезла вместе с Ренато. Несколько минут я стоял и обдумывал её слова. Тёмный час моей души? Это интересно. Я беру свой чемодан и начинаю спускаться с горы. Я поймаю первую попавшуюся машину и поеду домой.

Дома

Я только что вернулся из путешествия. Моя семья встретила меня со всем радушием. Мама, кажется, волновалась обо мне, потому что не переставала задавать вопросы. Я ответил на несколько, чтобы успокоить её. Я вхожу в свою комнату и кладу чемодан. Я смотрю на книги, прочитанные мною за предыдущие годы, и осознаю, что скоро и моя собственная книга пополнит эту коллекцию. Это придаёт мне ощущение счастья. Теперь я часть литературы, и я очень горжусь этим. Моё внимание привлекает кипа книг по математике на моей кровати. Я чувствую вину за то, что оставил их на целый месяц. Я листаю их и делаю несколько вычислений. Я наконец вернулся в математику, ещё одну страсть моей жизни.

Эпилог

С тех пор, как я покинул Мимозо, в деревне многое произошло. Кристина и Клаудио поженились и стали родителями семи чудесных малышей. Маленькая часовня Святого Себастьяна была возобновлена, а губернатор выполнил своё обещание и поддержал кандидатуру майора на выборах нового мэра Пескейры. Он выиграл эти выборы и продолжил править в своём духе диктатуры и авторитаризма. За последние годы была построена дорога BR-232, что привело к перенесению услуг и бизнеса в Арковерди (во время написания книги деревня Рио Бранко). Постепенно железную дорогу разъединили, и Мимозо стал городом-призраком.

В настоящее время, в Мимозо насчитывают три тысячи жителей. Экономика этого района связана с соседними городами, Пескейра и Арковерди. В основном, она вращается вокруг производства и продажи сельскохозяйственных продуктов пенсионерами. Значимым событием для Мимозо стало основание Поссидонио Тенорио де Бриту судьёй на пенсии Алуизом Тенорио де Бриту. Это дало новое дыхание образованию и культуре. Он открыл ценную библиотеку, видеотеку, а также начал курс Информационного Образования. Я являюсь одним из тех молодых людей, которые извлекли из этого пользу. И сегодня я писатель, автор книги "Противостоящие силы."

Конец.

www.ingramcontent.com/pod-product-compliance
Lightning Source LLC
LaVergne TN
LVHW040137080526
838202LV00042B/2937